À PROPOS DE L'AUTEUR

Fascinée par l'Angleterre monarchique, Christine Merrill s'intéresse surtout à l'époque de la Régence, dont elle décrit avec sensibilité et précision les us et coutumes.

Le manoir de Clairemont

CHRISTINE MERRILL

Le manoir de Clairemont

Traduction française de
CAROLE PAUWELS

Les Historiques

HARLEQUIN

Collection : LES HISTORIQUES

Titre original :
A REGENCY CHRISTMAS CAROL

HARPERCOLLINS FRANCE
83-85, boulevard Vincent-Auriol, 75646 PARIS CEDEX 13
Service Lectrices — Tél. : 01 45 82 47 47

www.harlequin.fr

ISBN 978-2-2804-1579-8 — ISSN 1159-5981

Note de l'auteur

C'est toujours un défi d'écrire un conte de Noël au temps de la Régence.

Il s'agit en effet d'une période de l'histoire où les fêtes de fin d'année étaient un luxe que tous ne pouvaient se permettre.

La plupart des traditions que nous observons encore aujourd'hui sont en réalité victoriennes et, sans les chants traditionnels, les cartes de vœux, le sapin et Santa Claus, un Noël sous la Régence ressemble essentiellement à une grande réception à la maison… le mauvais temps en plus.

Lorsque j'ai commencé à étudier les difficultés qui sévissaient au nord de l'Angleterre au cours de l'année 1811, la tâche est devenue encore plus complexe. Les travailleurs se révoltaient, et les troupes militaires y étaient déployées en plus grand nombre que celles mobilisées pour lutter contre Napoléon. Les industriels étaient paralysés par les embargos qui les empêchaient de vendre leurs marchandises aux pays alliés avec la France. L'Amérique, qui représentait auparavant une importante source de revenus, en faisait partie.

Il existait alors un fort sentiment anti-guerre, qui

est rarement mentionné dans les histoires extrêmement patriotiques se rapportant à cette période.

À cette époque, il n'y avait guère de compassion et de compréhension entre les dirigeants et les travailleurs, dont les conditions de vie étaient ardues, et les problèmes que j'ai découverts au cours de mes recherches nous parlent encore aujourd'hui.

Ceci m'a inspiré une histoire quelque peu anachronique, mais qui constitue la meilleure introduction qu'on puisse espérer aux notions de rédemption et de charité intrinsèques à la période de Noël.

J'espère que vous l'apprécierez.

Avec mes remerciements et mes excuses à Charles Dickens.

Pourquoi les esprits font-ils « tout en une nuit », alors que Marley insiste sur le fait qu'ils doivent absolument être au nombre de trois ?

Cela m'a toujours déconcertée.

Chapitre 1

Décembre 1811

Essoufflée par l'air froid qui pénétrait ses poumons, Barbara Lampett courait le long du chemin gelé menant aux faubourgs du village de Fiddleton.

Ces derniers temps, il lui semblait qu'elle courait toujours après une chose ou une autre.

Ce manque de dignité de sa part n'était-il pas le signe que tout dans sa vie partait à vau-l'eau ?

Et cependant, il lui semblait que ce n'était pas réellement de sa faute. Lui eût-on laissé le choix, elle serait restée tranquillement assise au coin du feu, à observer l'arrivée du mauvais temps, et à plaindre ceux qui se trouvaient dans l'obligation de sortir.

Mais son père ne se souciait guère de l'inconfort d'autrui quand il était en proie à une de ses lubies.

Quant à sa mère, elle ne pouvait s'attendre à ce qu'elle la remplace.

Certes, la nature primesautière de sa mère égaierait sans nul doute la journée, mais elle n'aiderait en rien à calmer la fougue de son père. Celle-ci n'était plus assez jeune ni assez forte pour affronter la foule qui encerclait père lorsqu'il s'exprimait, ou pour l'arracher au tohu-bohu qu'il engendrait immanquablement.

La nouvelle fabrique se trouvait à presque deux kilomètres du centre du village. Cette distance était trop courte pour se donner la peine d'atteler une carriole, mais trop longue toutefois pour constituer une plaisante excursion ; surtout par une glaciale journée de décembre comme celle-ci.

Au moins trouvait-elle une consolation dans le fait que le sol soit gelé, peu désireuse qu'elle était d'endommager ses bottillons en marchant dans la boue.

La terre, autrefois verte et luxuriante, avait été mise à nu par les allées et venues des chariots chargés de marchandises, et par les piétinements de la foule qui se rassemblait régulièrement pour protester devant les portes des nouveaux établissements de Mr Joseph Stratford.

Ladite foule était justement présente aujourd'hui, chose qui se produisait fréquemment grâce aux harangues quasi quotidiennes de son père. Les villageois se mêlaient aux tisserands en colère, se souciant moins de la détresse des travailleurs que du spectacle qui leur était involontairement offert.

L'exaltation qu'éprouvait Barbara s'accompagnait d'un sentiment de crainte. En effet, si elle se réjouissait de voir combien les gens étaient séduits par les paroles de son père, le chemin vers lequel ce dernier les guidait était loin d'être sans danger.

D'ailleurs, les actions de père prenaient un tour de plus en plus déraisonnable. Chaque jour, il semblait un peu plus téméraire, obéissant à ce que lui dictait son cœur plutôt que sa raison.

Il ne paraissait pas avoir conscience de l'influence qu'avaient ses propos sur la population locale. Mais Barbara s'en rendait compte lorsqu'elle se trouvait prisonnière d'un attroupement, bousculée par des hommes en colère.

Progressivement, une détermination nouvelle s'était élevée de la foule et, si elle était encore étouffée pour le moment, elle était cependant prête à déborder, tel le lait montant dans une casserole.

Un jour, il suffirait d'un discours particulièrement virulent pour mettre le feu aux poudres et libérer une violence incontrôlable.

Une bourrasque s'abattit sur elle, lui coupant le souffle et l'obligeant à resserrer plus étroitement son châle autour de son cou.

Lorsque le vent soufflait de l'est, on percevait toujours l'odeur des ruines de l'ancienne filature incendiée, où tant d'hommes du village et des environs avaient été employés. Son propriétaire avait chèrement payé ses projets de rénovation, voyant son existence détruite et sa famille menacée, contraint de renoncer et de quitter la région. Les ouvriers s'étaient alors trouvés sans emploi, et plus en colère que jamais.

A priori, le nouveau maître des lieux avait semblé un peu plus avisé, utilisant des briques pour construire sa nouvelle fabrique. Mais, le bâtiment qui en avait résulté était tout bonnement monstrueux.

Chaque élément était une insulte à la communauté, et la preuve que la personne qui l'avait conçu manquait totalement de considération pour ses voisins. C'était grand et massif. Beaucoup trop neuf.

Au lieu de construire la nouvelle filature sur les ruines de Mackay's Mill, ce qui aurait pu donner aux villageois l'espoir d'un retour à la normale, Mr Stratford l'avait installée à proximité de l'imposante et noble demeure où il vivait.

Certes, la fabrique ne se trouvait pas au beau milieu du parc d'apparat du manoir, mais elle se situait néanmoins en plein sur le domaine, dans un endroit au bord de l'eau que les Clairemont, quand ils vivaient là, avaient mis à la disposition des villageois, en tant que lieu de villégiature.

En choisissant cet endroit, Mr Stratford n'avait, à l'évidence, pensé à rien d'autre qu'à sa convenance personnelle.

Bien qu'il n'eût aucunement reconnu l'inadéquation des lieux, il avait fait installer une clôture tout autour de l'endroit qui avait autrefois accueilli des pique-niques et des fêtes.

Selon elle, cela prouvait que le maître des lieux savait inconsciemment qu'il avait tort, et qu'il s'attendait plus ou moins à des représailles. La barrière en fer forgé entourant le terrain le séparait en effet des gens les plus susceptibles d'éprouver du ressentiment, à savoir ceux dont les emplois avaient été remplacés par les nouveaux métiers à tisser mécanisés.

Parvenue à destination, Barbara se fraya un passage dans la foule pour atteindre la grille de la fabrique.

Posté devant l'un des imposants piliers en briques qui encadraient celle-ci, son père incitait les hommes à passer à l'action.

Bien que de récentes infortunes eussent diminué ses facultés, elles n'avaient en rien modifié la flamme qui brillait dans ses yeux, ou la clarté de sa voix.

Même si les intentions de père manquaient de sagesse, la nature de ses paroles n'était en rien incohérente.

— La situation économique est telle qu'il n'est plus possible pour un honnête homme de vivre de son travail. Nous ne pouvons plus envoyer nos étoffes en Amérique et en France.

— C'est vrai ! dirent plusieurs voix à l'unisson.

Il y eut alors des clameurs, des torches et des haches brandies.

Le cœur de Barbara se mit à battre plus vite à la pensée de ce qui pourrait se produire si l'un des hommes avait eu la mauvaise idée d'apporter une arme à feu dans une situation déjà passablement délicate.

Elle était certaine que le propriétaire de la filature, contre qui la colère était dirigée, se trouvait dans la calèche fermée qui attendait derrière les grilles. De là, il pouvait tout entendre.

Sans doute même était-il occupé à noter le nom de l'orateur, ainsi que de tous ceux qui se préparaient à agir…

Mais son père ne semblait en avoir cure et poursuivait sa harangue.

— Les nouveaux métiers à tisser mécanisés ont pour conséquence qu'il y a moins de travail pour vous, et davantage de tâches confiées à des filles inexpérimentées. Pendant ce temps, leurs pères et leurs frères deviennent oisifs, rêvant à d'autres époques où il était possible aux commerces respectables de prospérer dans ce pays.

Les protestations se faisaient à présent plus virulentes, tandis que les poussées en avant de la foule faisaient trembler les grilles.

— Allez-vous autoriser ces changements qui ôteront le pain de la bouche de vos enfants ? Ou bien, allez-vous les combattre ?

Barbara agita furieusement les bras pour attirer l'attention de son père, essayant d'empêcher ce qui était susceptible de se produire.

Le gouvernement avait décidé d'envoyer la troupe pour étouffer ces rébellions, traitant son propre peuple comme il l'aurait fait d'une nation ennemie. Si son père incitait ces hommes à bafouer les lois et à agir avec violence, on leur répondrait par la violence.

Mr Stratford était peut-être un mauvais homme, comme le clamait son père, mais il n'était pas timoré, à l'image de Mackay. Il répondrait à la querelle par la querelle, et manderait un bataillon pour faire fusiller les organisateurs.

— Père ! cria-t-elle, en essayant d'attirer son attention.

Mais sa voix était étouffée par le chahut.

Avant qu'elle ait eu le temps de prononcer un mot de plus, le premier coup de feu éclata ; provenant non pas de la foule, mais de la calèche en face d'eux.

Bien qu'il eût été tiré en l'air, la foule recula d'un bond, tel un immense animal effarouché. Barbara fut emportée avec elle, soulagée que tout le monde soit sain et sauf, et cependant davantage éloignée de son but.

La portière de la calèche s'ouvrit et Stratford apparut, sautant à terre avant que son valet ne puisse l'aider, et se précipitant vers la grille.

Ouvrant l'un des battants, il se posta devant la foule, bien campé sur ses pieds, le menton fièrement levé.

Il tenait dans sa main droite ce qui ressemblait à un pistolet de duel. De l'autre, il repoussa un pan de sa redingote, de sorte que la foule puisse voir un pistolet similaire glissé dans sa ceinture.

Ainsi, il ressemblait à un corsaire ; agile, intrépide et prêt à se battre ; et Barbara n'avait aucun mal à l'imaginer se ruant sur la foule avec un couteau entre les dents.

Elle était tout aussi certaine qu'il était du genre à ne pas faire de prisonniers.

Mesurant plus d'un mètre quatre-vingts, il en imposait physiquement, et il n'y avait rien dans ses traits acérés qui exprimât une nature miséricordieuse. Ses yeux gris étaient durs et attentifs, sa bouche tordue en un ricanement mauvais.

Son père pensait qu'il était le diable incarné, déterminé à tous les détruire. Et cependant, bien qu'elle eût toutes les raisons de ne pas prêter attention à lui, elle ne pouvait s'empêcher de le trouver séduisant, d'une façon ténébreuse et avide.

Elle s'ordonna de ne pas le dévisager avec admiration, comme elle le faisait à chaque fois qu'elle l'apercevait au village.

Peut-être aurait-elle dû le trouver moins impressionnant, dans la mesure où ce rictus gâchait passablement la régularité de ses traits.

Mais il possédait une personnalité captivante, qui semblait provoquer de fortes émotions chez ses amis comme chez ses ennemis. Et, aussi effrayant qu'il fût, Barbara était certaine, si elle se laissait aller à le regarder, de ne plus pouvoir détacher son regard de lui.

— Qui sera le premier à oser franchir la grille ?

cria Stratford à la foule. Je vous jure que cet homme y perdra la vie.

Les ouvriers reculèrent encore, recroquevillés et pressés les uns contre les autres comme s'ils cherchaient à se réchauffer.

Stratford eut un rire triomphant et moqueur.

— C'est bien ce que je pensais. Tout en fanfaronnade et en esbroufe quand il n'y a aucun risque, et couards quand il y en a.

Le père de Barbara se tourna vers lui, en haussant le ton.

— C'est vous qui êtes un couard, monsieur. Vain et orgueilleux, qui plus est. Vous vous cachez derrière vos grilles et nous menacez, en vous gardant bien de vous mêler à l'homme du commun et de ressentir sa douleur, sa faim, son désespoir.

Stratford le toisa froidement.

— Je n'ai pas à me mêler à vous pour savoir qui vous êtes. Il me suffit de me rendre sur les ruines de Mackay's Mill – un bâtiment que vous avez détruit – pour comprendre la raison de votre pauvreté. Si vous le pouviez, vous brûleriez aussi ma fabrique, avant même que j'aie eu le temps de l'ouvrir. Puis vous vous plaindriez que je vous ai traités injustement. Je vais donc profiter du fait que vous vous soyez tous réunis ici pour vous dire que je n'écouterai aucune de vos jérémiades, et pour vous exhorter à retrouver un peu de bon sens.

Barbara était outrée.

Il était injuste de la part de Mr Stratford de

comparer ce rassemblement à l'incendie de Mackay's Mill. La plupart des hommes qui se trouvaient ici n'y avaient pas pris part, se précipitant au contraire pour tenter de sauver leur lieu de travail, et non pour le détruire.

Le sujet était infiniment plus complexe que le tableau qu'en peignait Mr Stratford. Il était trop nouveau par ici, et réticent à écouter autrui, exactement comme l'avait dit son père.

Barbara repoussa les hommes autour d'elle, essayant d'avancer pour être entendue.

Au moment où elle pensait atteindre son but, une botte d'homme se prit dans l'ourlet de sa jupe et elle vacilla. Un élan de panique l'envahit lorsqu'elle comprit que personne autour d'elle ne remarquait sa chute.

Oubliant leur peur face aux armes, les hommes avançaient pour prouver à Mr Stratford qu'ils n'étaient pas des couards.

Elle appela à l'aide, espérant que son père l'entendrait et viendrait lui porter secours. Mais il lui tournait le dos, et agitait un poing menaçant vers Mr Stratford.

Dans un instant, elle serait plaquée face contre terre, submergée par une marée humaine, et piétinée par la foule.

— Halte-là ! cria une voix autoritaire.

Elle perçut un soudain changement d'atmosphère, et la foule s'écarta autour d'elle.

Une main lui saisit l'épaule et la remit sur pied,

dans un déchirement d'étoffe. Puis une voix de stentor s'éleva à côté d'elle, couvrant le brouhaha de la foule.

— Faites donc attention, bande de lourdauds ! Vous ne voyez pas qu'une jeune lady se trouve parmi vous ?

Après que son sauveur se fut retiré, Barbara sentit la foule se refermer à nouveau autour d'elle. Mais les gestes avaient quelque chose de feutré, de contenu, comme si la honte avait quelque peu endigué la frénésie des protestataires.

Regagnant l'entrée de sa propriété, l'homme qui lui avait porté secours se hissa sur le muret qui formait le soubassement de la clôture.

Si elle l'avait trouvé impressionnant de loin, il lui avait paru encore plus intimidant une fois à côté d'elle, même si cela n'avait duré qu'un instant.

Il avait fait preuve de force pour obliger les protestataires à s'écarter, mais aussi d'une grande agilité pour regagner la grille avant que ces derniers ne réalisent qu'ils l'avaient eu à portée de main.

À présent, il les toisait depuis son promontoire, affichant une expression plus dédaigneuse que mécontente, comme s'ils lui avaient prouvé qu'il avait raison de les mépriser.

— Allez retrouver vos familles, si vous vous souciez autant d'elles. Une nouvelle année arrive, et une nouvelle époque l'accompagne. Lorsque Stratford Mill ouvrira dans un mois, il y aura du travail pour ceux qui sont prêts à se retrousser les manches.

Il laissa passer un silence, tenant la foule en haleine.

— Mais, si vous vous dressez contre moi, je vous ferai arrêter, et ferai appel à vos filles. Elles me coûteront moins, et auront le bon sens de tenir leurs langues.

Il porta la main à sa ceinture, et la foule retint son souffle. Mais, au lieu d'y prendre un pistolet, il en détacha une bourse et jeta des pièces à la volée.

— Joyeux Noël à tous, cria-t-il.

Éclatant d'un rire à la fois triomphant et amer, il observa la foule se ruer sur cette manne.

— Ne vous donnez pas la peine de revenir. Tant que j'aurai un souffle de vie, rien ne m'arrêtera. Si vous détruisez les machines, j'en achèterai d'autres jusqu'à ce que vous vous lassiez. Prenez mon argent et rentrez chez vous. J'ai fait mander le connétable. Si vous êtes encore là à son arrivée, vous passerez le jour de Noël en prison, à vous morfondre en pensant à vos familles. Et maintenant, partez !

Barbara fut mortifiée de voir les hommes du village trop affairés au sol pour prendre conscience de cette nouvelle menace. Ils ne manquaient pourtant pas de fierté et, en d'autres temps, ils auraient jeté les pièces au visage de ce nouveau venu, plutôt que d'accepter son aumône. Mais les récents troubles économiques avaient laissé la plupart des villageois sans emploi, et en grand besoin d'argent.

Les cris de ralliement de son père se perdirent dans le fracas tandis que les hommes se bousculaient pour grappiller quelques pennies enfoncés dans la terre.

Barbara parvint cette fois à les contourner et à rejoindre son père.

— Venez, murmura-t-elle en lui posant la main sur le bras. Il faut partir avant que ça ne tourne mal. Vous pourrez toujours revenir faire votre discours un autre jour.

Son exaltation semblait l'avoir quitté, désertant son corps tel un esprit maléfique, et le laissant quiet et quelque peu perplexe, comme s'il ne savait pas très bien comment il s'était retrouvé là, devant une telle foule.

En insistant un peu, il la suivrait, et ils seraient de retour à la maison avant que les forces de l'ordre n'arrivent.

Tout se passerait bien… Jusqu'à la prochaine fois.

À l'écart du chaos, et la surplombant de quelques mètres, Joseph Stratford observait la scène ; distant et impassible, comme s'il ne se souciait pas ou n'avait pas conscience de la peine qu'il causait.

En le regardant, elle eut l'impression que toute la colère et la frustration de son père s'étaient transférées à elle. Si le Seigneur s'était donné la peine de la doter de raison, alors pourquoi ne l'avait-il pas faite garçon, afin qu'elle puisse se faire entendre des autres hommes ?

Mue par une fougue nouvelle, elle s'adressa sans crainte à l'individu vêtu de noir qui se croyait supérieur à ses semblables.

— Vous blâmez ces hommes, dit-elle d'une voix forte. Mais vous devriez avoir honte de vous. Vous nous surplombez depuis votre piédestal, vous prenant pour un dieu. Vous ironisez sur une pauvreté que vous ne pouvez comprendre. Vous vous comportez comme si vous étiez fait du même acier que vos machines.

Les mots lui venaient avec une aisance dont elle ne se serait pas crue capable, sans qu'elle eût à réfléchir.

— Si l'on pouvait voir l'intérieur de votre cœur, poursuivit-elle avec verve, il ne serait fait que de rouages et de courroies, alimentés par le charbon qui coule dans vos veines.

L'espace d'un instant, elle crut voir un changement sur le visage du maître des lieux ; un écarquillement presque imperceptible des yeux, comme si ses paroles avaient trouvé un écho en lui.

Puis il eut un léger haussement d'épaules, accompagné d'un sourire narquois.

— Et un joyeux Noël à vous aussi, ma chère.

Puis il sauta agilement du muret et regagna sa calèche.

Montrant des signes de nervosité, son valet vint ouvrir les grilles en grand. Il n'avait pourtant aucune raison de s'inquiéter, les protestataires ayant piteusement battu en retraite après avoir ramassé tout l'argent.

Barbara attira son père sur le côté de l'allée, afin que les chevaux puissent passer. Mais, un peu avant que la calèche n'arrive à leur hauteur, elle entendit le son caractéristique d'une canne frappant la paroi.

Le cocher arrêta les chevaux, et Joseph Stratford se pencha à la vitre.

— Ce n'est pas terminé, dit le père de Barbara d'une voix à présent plus calme.

Maintenant que la foule avait disparu, il semblait capable de raisonner avec lucidité, et ressemblait davantage à l'homme qu'il était autrefois.

— Je ne m'imaginais pas que ça l'était, Lampett, répliqua l'industriel.

Il souriait froidement à son père, soutenant son regard tel un lutteur mesurant les capacités de son adversaire avant de frapper.

— Je ne vous laisserai pas traiter ces gens – mes amis – comme de simples fils sur vos métiers à tisser. Ce sont des hommes, pas des marchandises. Ils doivent être respectés en tant que tels.

— Lorsqu'ils se comporteront comme des hommes, ils auront droit à mon respect. Pas avant. Et maintenant, partez. Ma patience a atteint ses limites, et votre enfant est transi de froid.

À vingt-quatre ans, Barbara considérait qu'elle n'était plus une enfant. Mais, peu importait.

Cependant, il était vrai qu'elle frissonnait ; à la fois de peur et de froid.

La remarque l'incita à se redresser et à tenter de paraître aussi impassible que l'était leur ennemi.

Joseph Stratford ne semblait pas se soucier le moins du monde que la ville fût contre lui. Les sabotages n'avaient pas manqué lors de la construction de la fabrique, mais pourtant il avait persévéré.

Sans vouloir se l'avouer, Barbara éprouvait une forme d'admiration pour cette force de caractère, même si elle ne se manifestait pas à bon escient, et ne doutait pas un instant de sa réussite.

Là où son père était comme le feu, s'embrasant vite et finissant par s'éteindre, Joseph Stratford était semblable à un rocher, inamovible et inchangé. Il faudrait bien plus qu'un éclat de colère pour faire changer cet homme d'avis, une fois sa décision prise.

Tandis qu'elle observait les deux hommes, qui se défiaient silencieusement du regard, Barbara fut soulagée que son père ne possédât pas d'arme. Bien qu'elle fît confiance à Mr Stratford pour ne pas tirer sans avoir été provoqué, elle savait en effet son père capable du pire lors d'un coup de sang.

À nouveau, elle lui prit le bras, prête à le raccompagner à la maison.

— Venez. Rentrons. Vous ne pouvez rien faire de plus aujourd'hui. S'il a vraiment prévenu le connétable, je n'ai pas envie que vous ayez affaire à lui.

Secouant son bras pour se libérer, son père fit

un pas en arrière, tout en grommelant, et haussa les épaules au passage de la calèche.

— Cela lui ferait une bonne raison si j'étais arrêté. Alors, le monde le verrait tel qu'il est : un sans-cœur prêt à faire jeter un vieil homme en prison.

La seule chose que verraient les gens, c'était que Joseph Stratford était bien au chaud dans son manoir, assis devant un copieux repas, tandis que Bernard Lampett souffrait de faim et de froid en prison.

Cependant, il était inutile de chercher à expliquer cela à son père.

— Mais cela m'attristerait énormément, père, dit-elle de sa voix la plus douce. Et mère aussi. Si nous ne pouvons rien avoir d'autre pour Noël, ne pouvons-nous au moins avoir quelques jours de paix ?

Chapitre 2

Joseph Stratford rentra seul chez lui dans un silence confortable, quoique pensif.

La conclusion de cette journée avait été satisfaisante, tout au moins pour le moment. La foule s'était en effet dispersée sans réelle violence. Mais, si Bernard Lampett continuait à semer le trouble, il était à redouter que la population ne finisse par se dresser contre lui.

Avant que cela ne se produise, il serait nécessaire de prendre des mesures plus fermes.

Il avait déjà composé dans sa tête la lettre qu'il enverrait au commandant des troupes en garnison à York. C'était drastique mais nécessaire. Si deux ou trois des protestataires les plus virulents étaient emmenés enchaînés, peut-être cela suffirait-il à convaincre les autres de l'inanité de leurs actions.

La calèche emprunta l'allée circulaire du manoir de Clairemont, et le déposa devant la porte – si près que le froid l'affecta à peine.

Il sourit. Quelle différence avec son passé. Jusqu'à l'année dernière, il se déplaçait fréquemment à pied. Mais, en l'espace de douze mois, ses investissements avaient porté leurs fruits. Même avec l'argent qu'il avait dépensé pour la nouvelle fabrique, il vivait dans un luxe qu'il n'aurait jamais osé imaginer dans ses rêves les plus fous.

Joseph tendit son chapeau, ses gants et sa redingote au valet le plus proche, et se rendit au salon, où une tasse de thé l'attendait devant la cheminée.

Il donna un léger coup dans la botte de l'homme qui occupait le second fauteuil, afin qu'il retire ses pieds du passage.

Robert Breton ouvrit un œil ensommeillé et se redressa.

— Des ennuis à la fabrique ?

— Où n'y en a-t-il pas ?

Joseph leva sa tasse en un salut moqueur, que Breton accepta gracieusement, comme s'il possédait la maison et le droit de s'asseoir dans le fauteuil qu'il usurpait.

Alors que Joseph aspirait à gommer ses aspérités, affectant la même indolence et imitant l'accent londonien de son ami, il savait qu'il ne serait jamais qu'une monnaie contrefaite comparé à ce fils de comte.

Robert était né pour jouer le lord du manoir, tout comme Joseph était né pour travailler. Et même s'il possédait en effet cette belle et noble maison, la naissance de Robert lui donnait le pouvoir d'être à l'aise n'importe où.

Et c'était pour cette raison qu'il lui était si utile, aussi bien en tant qu'ami que comme investisseur.

L'honorable Robert Breton ouvrait en effet des portes que le nom de Joseph Stratford ne parviendrait jamais à faire franchir. Et sa présence dans les négociations atténuait quelque peu la trivialité du commerce quand Joseph essayait de convaincre ses riches et oisifs amis d'investir dans ses affaires.

Joseph but à nouveau une gorgée de thé.

— Lampett a repris ses discours haineux, et cherche à soulever la population. Je ne comprends pas que Mackay ne l'ait pas fait arrêter, au lieu de se laisser intimider et d'abandonner. Il aurait étouffé l'insurrection et son affaire serait toujours debout.

Breton haussa les épaules.

— Anne m'a dit que Lampett n'a pas toujours été ainsi. Il y a eu un accident tandis que les hommes luttaient pour circonscrire l'incendie de la filature. Depuis, il n'a plus toute sa tête.

— C'est bien regrettable pour sa famille. Mais, s'il ne cesse de me harceler, il ira moisir en prison avant le printemps.

— Anne semble l'apprécier. Avant que l'école ne soit fermée, il était instituteur au village, et aussi un membre respecté de la communauté.

Joseph se promit de discuter lui-même de ce sujet avec Anne, ne fût-ce que pour pouvoir dire qu'il l'avait fait. Il ne semblait pas juste en effet que son meilleur ami s'entretînt plus régulièrement avec sa fiancée que lui-même ne le faisait.

Anne goûtait la compagnie de Robert ; sans doute parce qu'il était capable de parler d'autre chose que du prix des matières premières et du nombre d'heures de travail nécessaires pour les transformer.

— Si Anne l'apprécie, c'est qu'elle ne l'a pas vu dernièrement. D'après ce que j'ai pu observer, il n'est pas d'une compagnie qui convient à une jeune lady. Il y avait à la manifestation une jeune personne qui devait être sa fille, et qui essayait de le convaincre de rentrer chez lui. Elle a failli se faire renverser par la foule et Lampett n'a même pas remarqué le danger qu'elle courait. Je lui ai porté secours, et je n'ai pas eu le moindre remerciement, ni de l'un ni de l'autre.

— Était-ce avant ou après que tu as menacé de faire arrêter son père ?

— Entre deux menaces, je pense, répondit Joseph, avec un petit sourire.

Robert secoua la tête.

— Et tu t'étonnes de ne pas être apprécié.

— Ils m'apprécieront tous quand la filature sera ouverte et qu'ils auront du travail.

— Si travail il y a. Tu sais bien que les mesures d'embargo limitent les endroits où tu peux vendre tes produits. Tant que l'Amérique restera alliée à la France, tu ne pourras pas faire grand-chose.

— Elles seront abrogées, déclara Joseph avec fermeté.

— Et si ce n'est pas le cas ?

— Elles seront abrogées, te dis-je. Il le faut. Les marchands sont proches du point de rupture. La loi doit changer, ou nous serons tous ruinés.

Joseph offrit un sourire rassurant à son ami, essayant de lui insuffler un peu de confiance.

— L'hésitation ne nous mènera nulle part. Nous ne pouvons pas nous montrer timorés en cette sombre période. Si nous voulons de grands profits, nous devons être plus sûrs de nous, plus audacieux, plus actifs que les autres.

L'intonation de Joseph se fit persuasive.

Une fabrique qui tourne à plein régime et des entrepôts bien garnis sont le meilleur moyen d'obtenir les plus grands succès. Le moment venu, la réussite nous tombera dessus comme par miracle.

Robert secoua la tête.

— Lorsque tu parles ainsi, j'ai envie de te croire.

— Eh bien, fais passer le message à tes amis.

Joseph regarda par la fenêtre, observant le ciel gris et pourtant dénué de la neige qu'il rêvait de voir enfin tomber.

— Lorsque nous les aurons ici pour Noël, reprit-il, je les amadouerai au moyen de bons vins et de mets choisis, puis tu leur expliqueras la situation, comme je viens de le faire. Une fois que tu les auras persuadés, je leur ferai les poches, afin de financer mes projets d'expansion.

Robert éclata de rire.

— Je me fais l'effet d'une araignée attendant

l'arrivée de mouches bien grasses en provenance de Londres.

— Mais ce n'est pas du tout le cas, mon ami. Je suis l'araignée, et tu es l'appât. Sans toi, ils ne viendront pas.

— Ne crie pas victoire trop vite. Ce ne sera pas une mince affaire de les faire venir dans le Yorkshire. Tu es si éloigné de tout, ici.

— Tu oublies que tu es le fils du comte de Lepford. Il doit bien y avoir quelques gentlemen à Londres, dont les filles sont en âge de se marier, qui seraient ravis de passer les fêtes en ton auguste présence.

— Le second fils, corrigea Robert. Je n'ai pas de titre à leur offrir. Mais au moins, je suis riche. Et je te le dois en partie.

— N'oublie pas d'en informer nos invités, si l'opportunité se présente.

Robert grimaça.

— Parler d'argent lors d'une réception de Noël ne se fait pas. Et si jamais ils avaient vent de tes desseins, ils risqueraient fort de ne pas l'apprécier.

— C'est pour cela que tu le feras avec subtilité, comme toujours, Robert. Et ils ne se rendront compte de rien. Tu pourras leur présenter tes excuses pour mon absence de bonnes manières, et les laisser piller ma cave jusqu'à la dernière bouteille. Dis du mal de moi si tu le souhaites. Danse avec les jolies filles pendant que je monopolise l'attention de leurs pères.

Joseph s'interrompit le temps de finir son thé.

— Au début, ils me trouveront ordinaire. Mais quand ils partiront, j'aurai leurs chèques dans ma poche. Pour qui est dans les affaires, Noël doit être un jour comme les autres. Si tes amis veulent investir dans cette nouvelle entreprise, ils en obtiendront un retour substantiel.

La porte s'ouvrit et la gouvernante, Mrs Davy, entra, en s'excusant pour le dérangement. Un valet la suivait, les bras chargés de feuillages et de branchages. Tandis que ce dernier commençait à installer les ornements sur le manteau de la cheminée, Joseph se leva et interrogea la gouvernante, afin de s'assurer que ses consignes avaient bien été respectées.

— Tout doit être parfait, dit-il avec fermeté. Alors que les propriétaires des filatures du district sont confrontés aux protestataires, il me serait préjudiciable que mes invités constatent un manque d'autorité sur mes domestiques. Quoi qu'il en soit, je vous félicite pour le nettoyage qui a été fait. La maison resplendit de mille feux.

La gouvernante rougit et hocha la tête en signe de remerciement. Mais ce compliment n'était rien d'autre que la vérité. Partout où il allait, il pouvait sentir la cire d'abeille qui avait été passée sur les panneaux de chêne, jusqu'à ce que ceux-ci reflètent la lumière dorée des bougies et de l'âtre.

— Et je suppose que le garde-manger a été garni comme il se doit ?

— Ce n'est pas facile, répondit Mrs Davy d'un air embarrassé. Il y a peu de choix dans les boutiques.

— Vous avez envoyé quelqu'un s'approvisionner à Londres, comme je l'ai demandé ? s'enquit Joseph.

Elle hocha la tête.

— Nous l'attendons d'une minute à l'autre.

— Il n'y a pas de pénurie de nourriture en ville, et il ne manque pas de personnes fortunées pour en acheter. Mes amis ne comprendront pas les problèmes qui règnent ici, et n'auront pas envie d'être éclairés sur le sujet. S'ils font tout ce chemin pour me rendre visite, j'entends que leurs estomacs soient remplis et leurs cœurs contentés.

Se réjouissant par avance, il sourit, avant d'ajouter :

— Et leurs bourses plus légères à la fin du séjour.

Si la gouvernante désapprouvait cette tournure d'esprit, elle n'en laissa rien paraître.

— Ils feront un repas de roi, affirma-t-elle.

Elle lui présenta les menus qu'elle avait préparés.

— Si vous voulez bien désigner les plats qui vous agréent, monsieur Stratford…

Compte tenu de l'abondance des mets proposés, il était impossible de faire un choix.

Joseph plissa le front, perplexe.

— Il doit y avoir de l'oie, bien sûr, pour ceux qui l'apprécient, mais j'ai quant à moi une préférence pour le rosbif. Du chou, des petits pois…

Il passait d'un papier à l'autre.

— Des pommes de terre sautées, des châtaignes… et du pudding, du cake de Noël, du fromage…

— Mais que choisissez-vous, monsieur ?

— Eh bien, tout, je crois. Il faut qu'il y ait suffisamment de choix pour que tout le monde y trouve son compte. Il vaut mieux qu'il y en ait trop que pas assez, n'est-ce pas ?

— S'il y en a trop, monsieur, ce sera gâché.

À la façon dont Mrs Davy pinçait les lèvres, Joseph voyait bien qu'elle était offensée jusqu'au plus profond de son frugal cœur nordiste.

— Si c'est le cas, je peux me le permettre. Une manifestation d'économies devant ces investisseurs sera perçue comme un manque de confiance. Et c'est quelque chose dont je ne veux pas qu'on m'accuse.

Il se mit à déambuler dans le grand hall, observant les domestiques qui s'affairaient, examinant les plafonds et les encadrements, avant de hocher la tête en signe d'approbation, n'ayant pas trouvé la moindre trace de poussière.

— Tout est en ordre. Et je viens de voir que vous vous êtes occupée des ornementations florales.

— Il reste encore quelques pièces à décorer, admit Mrs Davy, mais nous commençons à être à court de feuillages.

— Arrachez un peu de lierre sur le mur sud. Il envahit les fenêtres au point que je suis obligé d'allumer les chandelles en plein jour si je veux y voir quelque chose. Taillez également le houx.

Avec tout cela, vous devriez pouvoir garnir tout l'intérieur de la maison.

Il eut un vague geste de la main.

— Envoyez-les dans les bois cueillir du gui. Je veux tout. Que chaque recoin de la maison sente le sapin et l'air frais. Les invités commenceront à arriver demain, et nous devons tous être prêts à les accueillir.

— Oui, monsieur.

Dans son dos, Robert ricanait.

— Tu es un maître intraitable, Stratford. Je plains les futurs ouvriers de ta filature, si tu envisages de les traiter ainsi.

— J'ai bien l'intention de te régenter aussi, Robert. J'aimerais que tu te lèves de ce fauteuil, et que tu aides aux préparatifs.

Robert parut offensé.

— Moi, Stratford ?

— Bien sûr. Ce sont tes amis. Tu sais ce qu'il faut faire pour les divertir.

— Je ne pense pas que ce soit mon rôle. C'est toi l'hôte, après tout.

— Je n'en ai que le nom. Je suis juste bon à payer, mais ne t'attends pas à ce que je me plie aux mondanités. J'ai eu peu de temps pour cela dans ma vie, et je n'en ai jamais eu le goût. Je crains d'être meilleur avec les machines qu'avec les gens.

— Mais, je…

Robert secoua la tête.

— Je ne suis pas la personne la plus indiquée pour diriger les opérations.

— Au mieux, ce qu'ils attendent de moi, c'est un repas copieux et du vin à volonté. Au pire, ils viendront dans l'espoir de me voir échouer. S'ils le pouvaient, ils se passeraient de moi, car je ne suis qu'un…

Joseph grimaça pour appuyer son effet.

— … commerçant de bas étage. Trop ordinaire pour les gens qui ont misé sur moi. Mais l'argent les attire comme des mouches. Tout le monde veut son petit morceau de sucre.

Il se ragaillardit.

— Et nous allons le leur donner. Même s'ils grimacent dans leur verre avant de déguster mon vin, ils ne seront pas trop fiers pour le boire.

— Mais, dois-je vraiment participer à cela ? S'ils ne veulent pas de toi, alors certainement…

— Tu es l'un d'eux, affirma Joseph. Je ne le serai jamais. J'ai eu de la chance d'obtenir l'appui de Clairemont, et je serai naturellement dans l'obligation de faire danser sa fille. Je te laisse toutes les autres ladies.

— Et que suis-je supposé en faire ?

Joseph se retint de soupirer. Robert pouvait se montrer tellement obtus quand il le voulait.

— Leur sourire. Les flatter. Veiller à ce que leurs verres soient toujours pleins. Tu pourrais même suivre mon exemple et envisager de te marier. Oaksley a trois filles, d'après ce que j'en sais. L'une d'elles sera peut-être à ta convenance.

Il y avait aussi la fille de ce fauteur de troubles au village…

Naturellement, elle n'avait pas été invitée aux festivités. Ce serait un considérable manque de sagesse de s'adjoindre la compagnie de cet homme et de sa famille. Cependant, elle ferait une épouse acceptable pour Robert. En effet, elle était jolie, intelligente, et issue d'une famille plus respectable que la sienne.

Assurément, Miss Lampett serait parfaite pour son ami.

Et cependant, maintenant que l'opportunité se présentait de proposer une rencontre, Joseph éprouvait une étrange réticence à exprimer à haute voix ces pensées.

— Je n'ai aucunement l'intention de me marier, dit Robert d'un ton ferme. Ni maintenant, ni jamais.

Joseph se sentit étonnamment soulagé par cette remarque.

— Dans ce cas, profite de quelques plaisirs plus terrestres, suggéra-t-il. Il y aura de quoi te satisfaire, j'en suis sûr. J'ai entendu dire que la femme de Lindhurst retrouve rarement sa propre chambre après une soirée de festivités. J'espère ne pas avoir à t'expliquer la suite.

Joseph adressa un clin d'œil entendu à son ami.

— Profite également de mon hospitalité. Mange, bois, et amuse-toi…

Car nous ne savons pas de quoi demain sera fait.

Joseph fut traversé par un frisson.

Il était certain de ne pas avoir terminé la citation. Mais il avait entendu si clairement les mots dans sa tête, qu'il aurait pu jurer qu'une autre personne que lui les avait prononcés à voix haute.

— Qu'y a-t-il ?

Robert l'observait d'un air inquiet.

— Rien. Une étrange impression, c'est tout.

Il se força à sourire pour rassurer son ami.

Même si l'idée de se prêter à des mondanités avec des inconnus ne lui plaisait guère, il ne pouvait s'autoriser à céder à la nervosité.

— Comme je l'ai dit, je souhaite que tu passes toute la semaine ici, et que tu en profites pour t'amuser. De mon côté, j'ai l'intention de travailler sans relâche, comme tu peux l'imaginer. Mais, nous avons fait de cette entreprise un succès, et tu as bien le droit de te détendre, même si tout est loin d'être terminé. D'autres réjouissances sont prévues pour la nouvelle année.

Chapitre 3

Ce soir-là, comme toujours, le voyage de Joseph jusqu'à sa chambre fut quelque peu déstabilisant.

En effet, bien qu'il soit propriétaire du lieu, il ne s'y sentait pas à l'aise, comme s'il n'y avait pas sa place.

La bâtisse était splendide, naturellement, mais elle lui apparaissait trop vaste et trop ancienne, et il y régnait une atmosphère étrange.

La nuit, quand les domestiques avaient regagné leurs quartiers, et qu'il avait en quelque sorte la maison pour lui seul, il arpentait les vastes couloirs pour s'assurer que la demeure existait vraiment en dehors de ses rêves de réussite.

C'était en quelque sorte pour lui une façon de mesurer à quel point il s'était éloigné de sa modeste condition d'origine.

Personne, pas même Robert, ne savait à quel point il se considérait comme un usurpateur dans ce monde de pouvoir et d'argent qui n'était pas le sien.

Et pourtant, cette maison était bel et bien à lui,

de la cave au grenier. Il avait d'ailleurs réalisé une fort belle affaire en l'achetant.

Mais quand tout était calme et sombre, comme maintenant, le manoir de Clairemont paraissait, à défaut d'un mot plus approprié, hanté.

Non qu'il crût à de telles sottises.

S'accrocher à des notions enfantines et à des superstitions prosaïques trahissait un manque de confiance qu'il ne voulait pas s'autoriser.

Avec une femme et des enfants, ce ne serait pas la même chose. La maison déborderait d'animation et il n'aurait plus le temps pour ces fantaisies.

Mais, comme la femme qu'il devait épouser était née ici, il avait parfois l'impression de chercher à apaiser les fantômes plutôt qu'à les chasser.

Faire revenir Anne Clairemont dans la maison de son père rétablirait une sorte d'équilibre. Et surtout, cela pourrait avoir pour effet d'apaiser les sentiments vindicatifs que son arrivée dans la région avait éveillés.

Ce serait tout simplement excellent pour les affaires. Il n'y avait rien de superstitieux dans cette décision, voulut-il se convaincre.

Il était cependant regrettable qu'Anne fût aussi pâle et flegmatique. S'il avait eu la liberté de choisir une femme à son goût, ce n'aurait certainement pas été elle. Il aurait cherché quelqu'un qui possédait un peu plus d'esprit, pas une pauvre petite chose malléable, prête à se vendre au plus offrant pour satisfaire son père.

Il aurait voulu…

Charmé par le souvenir qui venait de lui traverser l'esprit, il arrêta sa déambulation et sourit.

Il aurait préféré une femme comme celle qu'il avait vue dans la foule aujourd'hui.

Elle n'avait vraiment peur de rien, comme son père, cet olibrius de Bernard Lampett, qui menait la rébellion contre lui.

Comme s'appelait cette jeune personne ?

Ce devait être Barbara. Il se promit de s'en enquérir pour en être sûr.

À en juger par la façon dont elle avait essayé de l'éloigner, elle ne semblait pas totalement en accord avec son père. Mais elle ne soutenait pas non plus le projet d'ouverture de la nouvelle filature, ayant formellement fait entendre qu'elle désapprouvait son propriétaire.

Miss Lampett savait ce qu'elle voulait, c'était un fait certain. Et elle ne craignait pas de l'affirmer haut et fort.

Cependant, ce n'était pas sa langue aiguisée qui le fascinait. Non, c'était plutôt sa gracieuse silhouette et son adorable visage. Elle était plus petite qu'Anne, avec des rondeurs et un teint rosé, quand sa fiancée était efflanquée et pâlichonne.

Lorsque Miss Lampett s'était approchée de lui, il avait pu voir des taches de rousseur sur son petit nez retroussé, et quelques boucles brunes qui s'étaient échappées de son bonnet tout simple.

Mais c'étaient surtout ses yeux qui l'avaient attiré.

Son regard était franc et direct, comme de la glace bleutée, le fouillant jusqu'au plus profond de l'âme.

Ce faisant, elle n'exprimait pas seulement de la colère, elle le jugeait. Et cela le faisait douter de lui. Une cause pouvait-elle en effet être totalement juste, si elle causait du tort à une ravissante petite chose comme Miss Lampett, allant jusqu'à provoquer sa chute dans la boue ?

Bien qu'il fût persuadé de détenir une plus grande part de vérité que les hommes qui s'opposaient à lui, la pensée de ce qui aurait pu arriver à cette jeune personne s'il n'était pas intervenu pesait lourdement sur sa conscience.

C'est pourquoi, ce soir, il arpentait les couloirs plus lentement qu'à l'accoutumée, s'abandonnant à de sombres pensées, et comptant les chambres comme s'il se fut agi des perles d'un rosaire.

Si les domestiques avaient remarqué son rituel, ils étaient trop respectueux pour le faire savoir.

Et pourtant, Joseph se retrouvait chaque soir à suivre le même chemin avant d'aller se coucher, comme s'il visitait subrepticement la maison de quelqu'un d'autre, en s'extasiant sur sa richesse.

Il commençait par le grand salon d'apparat, puis la bibliothèque, la salle du petit déjeuner, la salle à manger, le salon privé.

Suivaient le salon de jeu, le fumoir, le salon de musique, et la salle de bal.

Il empruntait ensuite le monumental escalier

de pierre, flanqué d'une rampe en fer forgé, et passait devant les chambres : la rouge, la bleue… avant de gagner la suite réservée aux maîtres de maison, avec ses deux vastes chambres séparées par un petit salon, ses deux cabinets de toilette et ses garde-robes.

Il y avait un second étage, réservé au personnel, et quantité d'autres pièces à usage domestique, où il n'avait jamais mis les pieds : buanderie, lingerie, celliers, cuisine et arrière-cuisine…

Le contraste avec son enfance était frappant. À l'époque où ils vivaient tous dans une seule pièce, il n'y avait pas de raison de compter. Puis les affaires de son père s'étaient développées, et les maisons étaient devenues de plus en plus grandes, sans toutefois être luxueuses.

Ils étaient sortis de la pauvreté bien avant la guerre, quand rien ne s'opposait au commerce, et que l'argent circulait plus facilement. Mais la réussite de son père restait modeste, et le travail était dur et déplaisant.

Il avait détesté cette vie, au point de la fuir et de reconstruire un monde à son image. Et à présent qu'il possédait la plus grande maison du comté, il n'était pas plus heureux.

Peut-être était-ce sa malédiction.

Il traversait la vie au galop, cherchant toujours une nouvelle idée, que ce soit une invention ou une affaire. À chaque nouvelle réussite, il était certain que, cette fois, il avait gagné suffisamment d'argent pour s'en satisfaire. Puis le succès pâlissait, perdait de sa saveur, et il se mettait en quête d'autre chose.

Il songea à Miss Lampett, qui pensait que son cœur n'était qu'une machine faite de courroies et de rouages. Ça lui donnait l'envie de l'attirer contre lui, et de lui prouver que son sang était aussi chaud que celui des autres hommes, et peut-être un peu plus brûlant encore quand il la voyait.

Si elle avait été la fille d'un autre homme du village, il aurait tenté, au minimum, de lui conter fleurette. Mais elle était trop jeune et trop prude pour comprendre l'audacieux badinage qu'il avait en tête.

Et, même si elle avait été d'une nature plus libérale, il n'aurait pas été avisé de lui laisser croire que le fait de lui offrir ses charmes pourrait l'inciter à se montrer clément envers son père.

Alors qu'il pourrait envisager d'offrir un bijou ou quelque autre breloque scintillante à une jolie fille, il y avait quelque chose dans l'attitude déterminée de Miss Lampett qui lui laissait penser qu'elle ne l'accepterait qu'en échange de la seule chose qu'il ne voulait pas négocier : la clémence pour son père.

Il secoua la tête, se refusant à penser plus longuement à elle et, tandis que la grande horloge de parquet du hall sonnait douze coups, il ouvrit la porte de sa chambre.

Afin d'être sûr de ne pas se laisser faiblir, il était

préférable d'abandonner ces pensées importunes dans le couloir, loin de son lit vide et froid.

— Mon garçon.

Joseph sursauta en entendant cette voix, là où les seuls bruits perceptibles auraient dû être ceux des craquements du feu dans l'âtre, et peut-être des déplacements de son valet préparant sa tenue de nuit.

L'opulence de la pièce, la richesse de ses tapisseries et tentures semblait toujours étouffer même les bruits les plus ténus. Mais la voix avait brisé le silence et mettait ses nerfs à rude épreuve.

L'accent familier du Yorkshire parvenait tout à la fois à l'apaiser et à l'agacer. Le volume était si élevé qu'il résonnait dans la pièce et pesait sur lui, comme une main sur son épaule, qui pourrait à tout moment passer de la caresse aux coups.

Il chercha la seule source possible du bruit et la trouva au pied du lit. Là se trouvait un homme à qui il avait fréquemment pensé, mais qu'il n'avait pas vu depuis sept ans.

Depuis qu'il était mort.

— Bonsoir, père.

Il était insensé de parler au fruit de son imagination, mais la silhouette de l'homme qui se tenait dans sa chambre semblait si réelle qu'il aurait trouvé grossier de ne pas s'adresser à lui.

En tout cas, la mort n'avait pas du tout changé son père.

Joseph s'était imaginé que le fait de retrouver son Créateur l'aurait quelque peu adouci. Mais l'après-vie semblait aussi compliquée que la vie elle-même. Jacob Stratford était aussi lugubre et renfrogné qu'il l'était lorsqu'il se trouvait encore sur terre.

— Qu'est-ce qui t'amène ?

N'attendant pas la réponse, Joseph eut un ricanement.

— Comme si j'avais à me poser la question. C'est ce chahut à la filature, bien sûr.

L'explication de cette vision était toute simple, voulut-il se convaincre.

Lorsqu'il avait porté secours à Miss Lampett, il s'était trouvé confronté au même genre d'hommes que celui qui l'avait élevé. Leur brutale vulgarité s'était attachée à lui comme une épaisse couche de poussière, obnubilant son esprit, qui se mettait à lui jouer des tours à l'approche du sommeil.

— C'est ce que tu penses, n'est-ce pas ?

Le fantôme eut un grommellement réprobateur.

— Je vois que tu n'as pas changé depuis l'époque où tu étais gamin. Toujours à te croire supérieur, comme si tu étais un vrai prince, ma parole.

À l'entendre parler, avec son accent prononcé du Yorkshire, Joseph avait l'impression de se retrouver au beau milieu de cette foule médiocre et sottement revendicatrice qui s'était rassemblée devant sa filature.

— Et j'ai bien pis à dire à ton sujet, répliqua Joseph, en prenant garde de ne pas laisser remonter à la surface cet ancien accent qui trahissait ses origines.

Contrairement à ce que pouvait dire son père, il avait changé, et pour rien au monde il ne reviendrait en arrière.

— Tu es un despote ignorant et borné. Si je vis dans une grande maison, c'est que je peux me le permettre. Je ne suis pas comme certains nobles qui ont une ardoise chez le négociant en vins. Je paie comptant.

Il avait appris par Robert que cette attitude était effroyablement peu chic, et trahissait sa basse extraction, mais il ne parvenait pas à s'en défaire. C'était une sensation tellement rassurante, quand la journée s'achevait, de penser qu'il n'avait pas la moindre dette personnelle.

Dans ces conditions, il comprenait d'autant moins pourquoi son repos était si perturbé ce soir.

L'apparition qui le fixait depuis le pied du lit devait être le signe que tout n'était pas parfait dans son monde.

Son père eut un ricanement dégoûté.

— Malgré ce que j'ai essayé de t'apprendre, tu ne sais que vendre et acheter. Tu ne connais rien à l'art de tisser ni aux hommes qui manipulent les métiers.

— Si ces hommes te ressemblent, alors je sais tout ce qu'il y a à savoir. Et maintenant, tu peux t'en aller.

Il fit un effort pour se réveiller et chasser ce mauvais rêve. Le fait d'avoir cette conversation était en effet la preuve qu'il dormait.

Son père fit une courbette moqueuse.

— Eh bien, on peut dire que Sa Seigneurie m'a remis à ma place. Mais depuis le temps, je pensais que tu aurais compris que ta place n'est pas avec ces vaniteux que tu fréquentes. Pour eux, tu n'es qu'un chien errant qu'on chasse du passage à coups de pied.

— C'est probablement vrai, admit Joseph.

Il ne servait à rien de nier. Même si l'aristocratie était obligée d'avoir des relations avec ceux qui faisaient du commerce, elle n'en tirait aucune satisfaction.

— Mais, si je suis un chien, alors je suis un tout jeune chiot avec beaucoup d'années devant lui. Leur époque se termine, tout comme la tienne s'est terminée. Les jours qui s'annoncent récompenseront les hommes qui auront l'audace d'entreprendre.

— Au détriment des autres, répliqua son père.

— Les autres peuvent aussi saisir cette opportunité et en profiter s'ils le souhaitent, répliqua Joseph. Il n'est pas de ma responsabilité de veiller à la prospérité de chaque homme sur cette terre. Ils n'ont qu'à se prendre en charge eux-mêmes.

— Je n'en attendais pas moins de toi. Mais,

crois-moi, mon garçon, je peux te dire que ce n'est pas suffisant. Il n'est pas plaisant de mourir avec des regrets, de partir sans avoir terminé ce qu'on avait à faire, et de savoir qu'on a échoué dans le seul domaine dont on aurait dû profiter : l'attention portée à un autre être humain.

Ce constat faisait apparaître l'orateur encore plus réel. Cela ne ressemblait pas, en effet, à quelque chose que Joseph aurait pu formuler dans son esprit.

On eût dit des excuses. Or, jamais Joseph n'aurait placé de tels mots dans la bouche de son père, même s'il avait souvent souhaité les entendre.

— Étant donné que je n'ai personne sous ma responsabilité, tu en sais sans doute plus que moi sur ce sujet, dit-il. Je n'ai à m'occuper que de moi, et j'en suis très satisfait.

Subrepticement, il ferma le poing et enfonça ses ongles dans sa paume, afin que la douleur le tînt éveillé.

— Tu fais erreur, mon garçon.

— C'est ce que tu n'as cessé de me répéter.

S'autorisant un soupir, Joseph ajouta :

— Je me demande bien pourquoi je rêve de toi maintenant. Il me suffit de me réveiller et de regarder autour de moi pour constater que ma vie est parfaite.

Bien que, en y réfléchissant, il ne se rappelait pas s'être endormi.

Et pourtant, c'était la seule explication possible

à cette étrange situation. Il n'était pas dans ses habitudes de converser avec les fantômes.

Il était profondément endormi dans son lit, et il rêvait. Ou plutôt, il faisait un cauchemar. Et, s'il ne parvenait pas à se réveiller, il devait alors essayer de sombrer dans un profond et paisible repos où son père ne le suivrait pas.

S'asseyant sur le bord du matelas, Joseph commença à se dévêtir. Bien que cela parût une chose étrange à faire au cours d'un rêve, il ne voyait pas d'autre façon de rétablir la normalité.

Tandis qu'il se penchait pour ôter ses bottes, son père s'approcha, déplaçant autour de lui un vent glacial.

— Ne t'imagine pas que tu vas pouvoir m'ignorer. Si tu le fais, tu t'exposes à de grands risques.

— Vraiment ?

Joseph ne put s'empêcher de couler un regard en biais vers l'esprit – si c'était ainsi qu'il fallait le qualifier. Et il se demanda s'il avait déjà fait un rêve qui paraissait aussi réel. Il pouvait sentir, tout aussi bien qu'entendre et voir, et il devait prendre sur lui pour ne pas tendre la main et toucher la cape de laine que le fantôme avait drapée sur ses maigres épaules.

Il fixa l'apparition, lui donnant l'ordre muet de disparaître.

— Je t'ai ignoré de ton vivant autant que cela m'a été possible. Cependant, j'ai veillé à ce que tu aies assez d'argent pour mourir dans le confort, au lieu de rester courbé sur un métier jusqu'à ta dernière heure. Mais cela remonte à des années. Retourne d'où tu viens et laisse-moi en paix.

— Si tu voulais être honnête et regarder la vérité en face, tu constaterais que tu n'as pas de raisons d'être en paix. Tout comme lorsque tu étais enfant, tu ne prêtes aucune attention aux détails. Tu as produit beaucoup, et tu l'as fait rapidement avec tes machines sophistiquées, mais tu ne sais pas ce que sont la chaîne et la trame. La tension des fils est inégale et ton travail n'a aucune forme, aucune tenue.

Joseph planta son regard dans les yeux mornes, trop vexé par la remarque pour garder le silence.

— J'ai eu mon compte de ces critiques infondées de ton vivant, alors que tu essayais de m'apprendre à tisser, quand il était évident que je n'avais aucune aptitude pour cela. Il n'y a rien à critiquer dans la vie que je mène aujourd'hui. Je peux mesurer mon succès à mon environnement.

Fièrement, Joseph se mit à énumérer ce qu'il considérait comme ses plus grands succès.

— Pour Noël, ma maison sera pleine d'invités, et ma table regorgera de victuailles. J'ai fait bâtir une nouvelle fabrique. Quand elle ouvrira, je serai en mesure de remplir mon entrepôt de marchandises prêtes à être livrées dès que l'embargo sera levé.

Le fantôme secoua la tête, comme si toutes ces réalisations n'étaient rien.

— La vanité te perdra, mon garçon. Change de vie avant qu'il ne soit trop tard.

Joseph acheva de se déshabiller, et enfila sa tenue de nuit. Il s'étendit ensuite sur son lit, les bras raides de chaque côté de son corps, luttant contre l'envie de se boucher les oreilles pour ne plus entendre la respiration sifflante du vieillard.

Puis il pensa à la jeune personne qui s'accrochait au bras de Bernard Lampett devant la fabrique.

Les difficultés que Miss Lampett rencontrait avec son père avaient probablement réveillé en lui ces souvenirs désagréables. Il ressentait de la sympathie pour elle. Et, en dépit de sa conviction qu'il ne pouvait y avoir aucune miséricorde, il ne trouverait pas le repos tant qu'il n'aurait pas trouvé de solution pacifique.

Il regarda à nouveau le fantôme de son père, espérant à demi que celui-ci aurait disparu à présent qu'il avait trouvé la cause probable de sa présence.

Mais il était encore là, aussi maussade et désapprobateur qu'il l'avait toujours été.

— Si tu es l'expression de ma mauvaise conscience, tu aurais pu m'apparaître sous la forme de Miss Lampett. C'eût été plus agréable à mes yeux. Et par ailleurs, je serais plus enclin à t'écouter si tu me disais sans détour ce que tu veux.

Le fantôme le regarda comme s'il était tout à la fois un être stupide et une source de désagrément.

Cette attitude était hélas familière à Joseph.

— Ça ne se passera pas bien pour toi si tu

persistes à parler de travers. Je suis venu pour essayer de t'épargner ce qui ne va pas tarder à se produire. Mais, je vois bien que je perds mon temps, car tu es toujours aussi têtu.

— Toi ? M'épargner ?

Joseph éclata de rire.

— Quand as-tu jamais fait quoi que ce soit pour m'épargner ? C'est moi qui me suis sauvé tout seul. J'ai utilisé ma réflexion et mes mains pour être sûr que je ne vivrais pas comme toi. Et j'ai réussi.

Le fantôme parut troublé, mais seulement brièvement.

— Mon but n'est pas que tu me ressembles. J'ai été un homme dur. Un bon ouvrier, mais un mauvais père.

— Merci de l'admettre, maintenant qu'il est trop tard, répliqua sèchement Joseph.

Pourquoi fallait-il que son cerveau choisisse ses précieuses heures de liberté pour lui rappeler des choses qu'il préférait oublier à jamais ?

— Je paie encore aujourd'hui le prix de mes erreurs, insista le fantôme.

En tremblotant, il pointa un long doigt pâle et osseux vers Joseph.

— Tu es la preuve que je n'ai pas fait mon travail. Tu es moins que ce que tu devrais être. C'est pourquoi tu dois défaire tout ce que tu as fait. Détruis tout et recommence, pendant que tu le peux encore. Il n'est pas trop tard pour revenir en arrière. Trouve l'erreur et répare-la.

Joseph perdit patience.

— Je n'ai pas l'intention de détruire le travail d'une vie pour satisfaire une voix dans ma tête qui ne sera plus là demain.

Il tira la couverture sous son cou et agita la main.

— Et maintenant, adieu.

Roulant sur le côté, il essaya d'ignorer l'étrange lueur verte qui semblait transpercer ses paupières closes.

La voix de son père s'éleva à nouveau, plus forte cette fois.

— C'est bien ce que nous redoutions. Tu ne veux pas m'écouter. Mais je te mets en garde, mon garçon. Si tu ne respectes pas cet ordre d'ici Noël, tu le regretteras amèrement. De là où je suis, je vois ce qui se prépare, et je ne le souhaite pas à mon pire ennemi.

— Merci beaucoup pour tes encouragements, ironisa Joseph en rabattant le drap au-dessus de sa tête.

— Tu recevras trois visites avant Noël. La première aura lieu demain lorsque la pendule sonnera une heure. Si tu as un peu de bon sens, tu suivras les instructions qui te seront données.

— Tu as l'intention de m'empêcher de dormir entre maintenant et Noël ? Et de saboter tout le plaisir que je me fais à l'idée de ces fêtes ?

— Monsieur ?

Joseph sursauta.

La voix n'était pas celle de son père, mais celle de son valet, qui semblait inquiet.

— Étiez-vous en train de me parler, Mr Stratford. Je n'ai pas bien compris…

Quand Joseph repoussa le drap, les bougies étaient allumées, et il n'y avait pas le moindre fantôme.

— Non, Hobson. Ce n'était qu'un rêve. Je parlais dans mon sommeil, je pense.

Ce devait être ça. Il était entré dans sa chambre, et avait sombré avant même d'avoir eu le temps de souffler les bougies.

Son valet se tenait au milieu d'un désordre de vêtements abandonnés au sol, et affichait un air réprobateur.

— Si vous étiez fatigué, il vous suffisait de me sonner, et je serais venu vous aider.

Hobson ramassa la redingote, lissa les plis du plat de la main, et la suspendit dans la garde-robe.

— Je n'étais pas fatigué, protesta Joseph.

Mais sans doute l'était-il.

S'il se rappelait s'être déshabillé, il n'avait pas souvenir de s'être endormi. Et pourtant, comment aurait-il fait pour rêver, s'il ne dormait pas ?

— Puis-je vous apporter une boisson chaude ? proposa son valet.

— Non, merci.

Ils seront trois.

Joseph regarda son valet.

— Avez-vous dit quelque chose ?

— Je vous ai proposé une boisson chaude, monsieur.

Hobson le regardait comme s'il imaginait qu'il était ivre.

— Parce que… j'ai cru entendre…

Évidemment, c'était la voix de son père, venue lui répéter son avertissement.

Et pourtant, il avait beau balayer la pièce du regard, il ne voyait aucun spectre.

— N'avez-vous pas entendu une voix ?

— Non, monsieur, il n'y a que nous deux.

Joseph eut un petit rire, pour masquer son embarras.

— Je dois être plus fatigué que je ne le pensais. Ne faites pas attention à moi. Quelques heures de sommeil et il n'y paraîtra plus.

Mais, s'il devait y avoir une autre soirée comme celle-ci, il doutait de trouver la sérénité.

Chapitre 4

Assise à la table de la cuisine, Barbara inhala profondément et soupira.

Après le tohu-bohu de la veille, il lui semblait infiniment réconfortant de se trouver de nouveau à la maison, immergée dans les décors, les odeurs et les sons des préparatifs de Noël.

Des tourtes à la viande refroidissaient sur une étagère, à côté de la jatte contenant la préparation pour le pudding. Il y avait aussi une grande carafe de punch à l'intention des invités qui se présenteraient entre maintenant et l'Épiphanie.

Devant elle, Barbara avait rassemblé tous les ingrédients odorants qu'elle avait pu trouver : pétales de rose séchés, branches de lavande, clous de girofle, écorces d'orange, poignées d'aiguilles de pin… pour remplir les sachets de senteur destinés aux penderies et tiroirs récemment rangés.

Baissant les yeux vers son tablier, elle fut ravie de constater qu'aucune trace ne trahissait les tâches qu'elle avait accomplies toute la journée.

Tout n'exprimait qu'ordre, propreté et contrôle.

Ce constat lui arracha un sourire.

Tout était comme cela devait être, et elle appréciait grandement cet état de fait.

Soudain, la porte de service s'ouvrit, et sa mère se précipita dans la pièce, déposa son panier vide sur un banc et regarda autour d'elle d'un air affolé.

Barbara se leva d'un bond, redoutant le pire.

— Que se passe-t-il ?

— Ton père ? Est-il ici avec toi ?

— La dernière fois que je l'ai vu, il était dans le salon, occupé à lire son journal. Pourquoi ?

— En allant au village, j'ai croisé Mrs Betts. Elle m'a dit qu'elle l'avait vu sur la route de la fabrique. Il avait une hache. Mais, elle l'a peut-être confondu avec quelqu'un d'autre. Tu sais qu'elle n'y voit presque plus, la pauvre.

Barbara se précipita dans le couloir et lança un regard rapide dans le salon.

— Il n'est pas là, annonça-t-elle.

Ôtant son tablier, elle passa devant sa mère et décrocha un châle et un bonnet de la patère près de la porte.

— J'y vais. Restez ici, et ne vous inquiétez pas. Quoi qu'il ait en tête, je l'en empêcherai avant que ça ne tourne au drame.

Si son père avait emporté une arme de destruction, il n'y avait guère de doute possible quant à ce qu'il envisageait.

Les journaux regorgeaient d'articles à propos des actes de vandalisme commis dans les filatures des villages avoisinants. On y relatait aussi les assassinats d'industriels à leur domicile ou dans leurs fabriques.

Or, si beaucoup de choses l'ennuyaient chez Mr Stratford, ce dernier ne méritait pas pour autant la mort.

Les conséquences risquaient d'être dramatiques pour sa famille si son père n'était pas immédiatement raisonné. Ce dernier pourrait perdre sa liberté, et peut-être même sa vie.

Elle songea au pistolet que Mr Stratford avait brandi la veille. Il avait alors tiré en l'air. Mais, s'il se sentait menacé, il pourrait viser plus bas, et son père en paierait le prix…

Barbara emprunta l'allée en pente de leur cottage en courant et, négligeant la route, coupa à travers champs, avant de traverser le ruisseau qui séparait le village de la filature. Pénétrant ses chaussures, l'eau glacée lui engourdit les pieds, et elle trébucha en remontant sur la berge.

Elle savait qu'elle prenait un risque en passant par là, mais le temps pressait. Il lui restait à espérer que le terrain soit assez solide, et qu'elle ne s'enlise pas dans la tourbe avant d'avoir atteint son but.

Ses jupons déchirés par les broussailles, l'ourlet de sa robe couvert de boue sur plusieurs centimètres, elle parvint finalement à la grille de la filature, et la trouva fermée et protégée par une lourde chaîne.

Elle se demanda si c'était Mr Stratford qui l'avait installée, ou si son père était entré et avait restreint l'accès pour commettre son méfait en toute tranquillité.

Un instant, elle imagina Joseph Stratford, travaillant sans avoir conscience du danger, tandis qu'un assaillant s'approchait derrière lui, sa hache levée…

Affolée, elle se jeta contre la grille, criant pour attirer l'attention et prévenir du danger. Puis elle essaya d'enjamber la clôture, en s'aidant du muret qui formait le soubassement et des volutes du fer forgé.

Mais, c'était loin d'être chose aisée, avec une jupe et des jupons trempés. Vacillant sous leur poids lorsqu'elle parvint au sommet de la grille, elle bascula en avant.

Ce qui aurait dû être un saut agile et souple, digne d'un gymnaste, se transforma en chute, et elle se tordit la cheville en se réceptionnant.

Cela eut pour effet de la ralentir, mais elle ne s'arrêta pas, boitant jusqu'à l'entrée de l'atelier, où s'alignaient des machines neuves qui sentaient encore le bois vert et l'huile de graissage.

Des voix montaient du fond de la pièce. Celle de son père contenait une menace non dissimulée. Mr Stratford lui répondait avec fermeté.

Barbara se déplaça et put voir que les deux hommes se tenaient face à face, à côté d'un métier saccagé.

Son père avait sa hache levée, et son regard était celui d'un fou.

Mr Stratford devait avoir été dérangé alors qu'il effectuait un réglage sur les machines. Il ne portait pas de redingote, son col de chemise était ouvert, et ses manches étaient roulées sur ses avant-bras tandis qu'un tablier de cuir taché de graisse était noué autour de sa taille.

Dans sa main droite, il tenait un marteau et, même si son bras était baissé, Barbara devina à la crispation de ses muscles qu'il n'hésiterait pas, en cas de besoin, à s'en servir pour se défendre.

— Ohé, appela Barbara d'un ton innocent. Où êtes-vous, père ? Je suis venue vous chercher. Il est temps de rentrer dîner.

— Ne reste pas là, gamine. Je ne veux pas que tu assistes au carnage.

Son père s'exprimait de façon grossière, dédaigneuse et exaltée. Il ne restait rien de l'intonation suave et quelque peu pédante qu'elle lui connaissait.

— Votre père a raison, Miss Lampett. Il n'est pas nécessaire que vous restiez. Laissez-nous régler cela entre gentlemen.

Mr Stratford semblait calme et rassurant, bien que le sourire qu'il lui adressait fût légèrement crispé.

— Vous verrez votre père plus tard.

— En prison ou à ses funérailles, répondit-elle. C'est ainsi que ça risque de se terminer si je vous laisse continuer tous les deux.

Elle s'avança en claudiquant et s'interposa entre les deux hommes.

— Miss Lampett, dit Mr Stratford d'un ton cassant. Que vous est-il arrivé ? Observez, monsieur, qu'elle boite. Aidez-moi à l'installer sur une chaise.

Il semblait sincèrement inquiet. Mais il y avait aussi dans sa voix une note de soulagement, comme s'il accueillait avec soulagement cette diversion.

— Mon Dieu, Barbara, mais il a raison ! Tu t'es fait mal ?

Oubliant immédiatement ses projets, son père laissa tomber sa hache et vint lui prendre le bras. Parfois, ses coups de sang passaient aussi vite qu'ils avaient surgi. Celui-ci s'était évanoui à l'instant où il avait compris qu'elle était blessée.

Mr Stratford lui prit l'autre coude, mais elle nota la présence du marteau dans l'une des poches de son tablier, prêt à servir en cas de besoin.

— Je suis tombée en escaladant la grille, expliqua-t-elle. Je suis sûre que ce n'est rien de sérieux.

Bien qu'elle n'eût pas vraiment mal, elle exagéra sa claudication et se laissa aider par les deux hommes.

— La grille ? répéta Mr Stratford avec incrédulité. Mais elle fait presque deux mètres de haut.

— Ma petite Barbara a toujours été une enfant fougueuse. Continuellement à grimper aux arbres et à sauter par-dessus les barrières.

Son père eut un rire attendri, comme s'il se replongeait dans une époque plus heureuse.

— C'est une bonne chose que les Lampett aient la tête dure, sinon elle ne serait plus parmi nous aujourd'hui. Assieds-toi, ma petite fille, que j'examine ton pied.

Barbara prit le siège qu'on lui avançait, et son père s'agenouilla devant elle. Lui ôtant son bottillon maculé de boue, il palpa délicatement sa cheville.

Elle se laissa faire patiemment, tout en regardant l'expression de Mr Stratford passer de l'inquiétude à l'intérêt devant sa jambe gainée d'un bas blanc.

Voyant qu'il avait été surpris en train de l'observer, il s'empressa de tourner la tête, puis il lui offrit un sourire désabusé et un léger haussement d'épaules, comme pour dire qu'il ne pouvait être blâmé de contempler un spectacle aussi séduisant.

— J'espère que ce n'est rien de sérieux, dit-il.

— Une légère entorse, rien de plus, assura son père.

Son intonation était aussi placide qu'à l'accoutumée. Il était redevenu le simple instituteur, le père attentionné qu'elle avait toujours connu, mais que les autres voyaient rarement.

Elle avait envie de le crier à la face de l'industriel, afin qu'il constate la transformation.

C'est ce qu'il est. C'est ce que nous sommes tous. Nous ne sommes pas vos ennemis. Nous avons besoin de vous, tout comme vous avez besoin de nous. Si seulement vous vouliez nous écouter, vous sauriez qui nous sommes. Et vous pourriez peut-être nous apprécier.

— Lui serait-il profitable de surélever son pied sur un coussin ? demanda Mr Stratford.

Il se comportait avec la plus exquise courtoisie, comme si elle s'était tordu la cheville au cours d'une garden-party.

— Ma calèche attend devant la sortie de service, juste au coin du bâtiment.

— Ce ne sera pas nécessaire, répondit Barbara.

Cela n'avait pas commencé comme une visite de courtoisie, mais les deux hommes semblaient à présent enclins à agir comme tel.

Si elle savait son père incapable de fourberie, elle ignorait si ce nouvel aspect de la personnalité de Mr Stratford était conforme à la réalité.

Quelle preuve avait-elle qu'il ne s'agissait pas d'un piège, et qu'il n'allait pas appeler les autorités ?

Et, même si ce n'était pas le cas, son père pouvait à tout moment se rappeler à qui il avait affaire, et redevenir le fou qu'elle avait découvert à son arrivée.

— Votre offre est tout à fait bienvenue, approuva Bernard Lampett.

Le ton employé par son père était suffisamment décidé pour balayer les objections de Barbara.

Sa hache était restée à terre derrière eux, totalement oubliée. À présent, il était prêt à accepter l'hospitalité d'un homme envers qui il éprouvait une telle colère quelques instants auparavant qu'il était prêt à le menacer.

— Dans ce cas, avec votre permission, Mr Lampett, et avec mes excuses, miss, pour la liberté…

Joseph Stratford ôta son tablier et le jeta de côté, puis il souleva Barbara dans ses bras.

Tandis que c'était un soulagement pour elle de constater avec quelle facilité il avait maîtrisé son père, elle éprouvait un certain agacement de voir combien il lui était aisé de la dominer elle aussi.

Il traversa l'atelier en la portant comme si elle ne pesait rien. Et elle l'autorisa à le faire, sans la moindre protestation.

Le pire de tout, c'était qu'elle aimait la sensation de son corps contre le sien. À travers la fine étoffe de la chemise, elle pouvait presque sentir le contact de sa peau tandis que son odeur, mélange de savon, de transpiration et d'eau de Cologne, lui emplissait les narines.

Une masculinité si manifeste aurait dû la rebuter. Au lieu de quoi, elle regrettait de ne pouvoir nicher son visage dans le creux du cou de cet homme si séduisant.

Peut-être pourrait-elle cependant poser la tête sur son épaule, en feignant un vertige…

Non, ce serait ridicule. Elle n'était pas du genre à tomber en pâmoison, quelles que fussent les circonstances. Et elle n'allait pas jouer à ce jeu-là maintenant.

Toutefois, elle s'autorisa à passer un bras autour de son cou, sous prétexte de conserver son équilibre.

Les bras de Mr Stratford étaient étroitement serrés autour d'elle, de façon protectrice, et aucun soutien supplémentaire n'était nécessaire. Mais cela lui donnait l'opportunité de ressentir davantage de lui.

— Il semblerait que je sois perpétuellement occupé à vous porter secours, Miss Lampett.

Il lui avait parlé si doucement à l'oreille que son père n'avait pu l'entendre.

— Vous n'auriez pas dû vous donner cette peine, répondit-elle sur le même ton. Je suis confuse.

— Comme vous l'étiez quand la foule vous a bousculée, hier ?

Parlant plus fort, Mr Stratford s'adressa ensuite à son père.

— Si vous voulez bien nous précéder, monsieur ? Je ne voudrais pas bouleverser cette jeune lady en marchant trop vite. Soyez assez aimable d'expliquer au cocher nos difficultés. Peut-être sera-t-il en mesure de trouver un coussin et un plaid, afin que Miss Lampett puisse voyager plus confortablement.

— Fort bien.

Tandis que son père s'empressait de partir devant, Mr Stratford prit le temps de donner un coup de pied dans la hache, afin de la faire glisser vers un recoin sombre.

— Bien que mon aide vous soit sans doute détestable, je pense qu'il est néanmoins nécessaire aujourd'hui, pour la sécurité de tous, que nous fassions bonne figure.

Cette précision étant apportée, il se dirigea à pas lents vers la calèche, ne s'arrêtant qu'une fois la porte franchie, afin de la refermer derrière lui d'un coup d'épaule.

— Tenez-vous vraiment à prétendre que tout va bien, et à prendre le risque que la mémoire revienne à votre père ?

Elle s'agita légèrement dans ses bras, trouvant quelque peu ridicule d'être traitée comme une fragile poupée de porcelaine.

— Bien sûr que non. Mais, je ne souhaite pas que cela devienne une habitude chez vous de me prêter assistance, alors que je suis tout à fait capable de prendre soin de moi toute seule.

— Votre indépendance est dûment notée et admirée, dit-il.

Puis il inclina la tête, et inhala ostensiblement, comme s'il respirait son odeur.

— Bien que votre infirmité ait aussi ses avantages.

Elle lui donna une petite tape sur le bras.

— Vous êtes incorrigible.

— Vous n'êtes pas la première à me le dire.

Élevant la voix, pour le bénéfice de Bernard Lampett, et pour signifier que leur conversation privée était terminée, il ajouta :

— Nous y voilà.

Barbara se rembrunit. Mr Stratford aurait fort bien pu faire à cheval la courte distance entre le manoir et la fabrique, ou peut-être même en marchant.

Exiger une calèche et faire attendre le cocher pendant qu'il travaillait était précisément le genre d'excès qu'elle attendait de sa part, et le type de comportement qui mettait en colère les gens du cru.

Ou alors, cela signifiait qu'il redoutait d'être pris dans une embuscade s'il se déplaçait seul sur un chemin où il risquait de rencontrer des ennemis.

Il l'installa dans la calèche, à côté de son père, puis l'aida à étendre sa jambe sur la banquette d'en face, où il prit place.

La calèche était neuve et brillait de mille feux. Le capitonnage de cuir bordeaux était doux et moelleux. Il y avait des plaids pour les jambes, et une chaufferette remplie de braises au sol.

Si Barbara était relativement bien emmitouflée, le plaid ne couvrait pas totalement le pied posé sur la banquette, et elle dut résister à l'envie de le presser contre la cuisse du gentleman assis là, pour profiter de sa chaleur.

Mr Stratford le remarqua.

Après l'avoir observée entre ses cils baissés, il rabattit le pan de sa redingote sur son pied et déplaça légèrement son poids pour se rapprocher.

Barbara se réchauffa instantanément, du simple contact avec son corps, et de l'embarras qui l'accompagnait.

C'était une solution pragmatique, naturellement, mais le village en ferait des gorges chaudes si cela se savait. Et, à en juger par l'air narquois qu'il arborait, Mr Stratford en était conscient et se réjouissait de sa défaite.

Il fit signe au cocher et la calèche s'ébranla dans un roulis à peine perceptible. C'était de loin le voyage le plus confortable et le plus luxueux que Barbara eût jamais fait, et elle ne put s'empêcher d'apprécier sa chance.

Ses soupçons revinrent toutefois en force quand elle réalisa que la calèche se dirigeait vers le manoir de Clairemont.

— Ce n'est pas le chemin de notre maison, dit-elle, soulignant l'évidence.

— Ma résidence est plus proche, et j'ai pensé qu'il vous serait agréable de prendre un thé, afin de vous réchauffer avant de rentrer chez vous.

— C'est fort aimable à vous, dit Bernard Lampett.

Ce n'était pas du tout aimable. C'était agaçant.

Et Barbara était certaine que cette sollicitude inattendue cachait quelque chose.

Mais lorsqu'elle voulut protester, son père reprit la parole.

— Les bons voisins sont si rares de nos jours. Sans doute êtes-vous un nouveau venu dans la région, monsieur…

Il chercha un nom.

— Veuillez m'excuser. Ma mémoire n'est plus ce qu'elle était.

Barbara rougit, partagée entre le soulagement et la honte. Elle n'avait plus à redouter que son père redevienne violent, tant il était évident qu'il avait totalement perdu le fil des événements, oubliant tout ce qui concernait Mr Stratford pour ne se soucier que de sa cheville.

Mais, que devait-elle faire à présent ?

Devait-elle lui rappeler que leur hôte était l'homme qui, selon ses propres mots, traitait les membres de son personnel comme des esclaves ? Ou bien devait-elle le laisser continuer à exposer sa confusion mentale devant son ennemi, et devenir ainsi un objet de mésestime et de pitié ?

Mr Stratford ne parut pas s'en préoccuper, et répondit sans marquer la moindre hésitation.

— Nous nous sommes rencontrés brièvement, et il est tout à fait normal que vous ne vous en souveniez pas. Je suis Joseph Stratford, et je me suis installé au manoir de Clairemont, à présent que les anciens propriétaires se sont relogés plus près du village.

Bernard Lampett hocha courtoisement la tête, n'associant toujours pas l'homme assis en face d'eux et le diabolique industriel qu'il haïssait.

— Me feriez-vous l'honneur de me présenter à votre fille, monsieur ?

Tandis que son père se pliait aux usages, avec tout le cérémonial nécessaire, Barbara crut voir un sourire railleur sur les lèvres de Mr Stratford.

S'il avait l'intention de se moquer des pertes de

mémoire de son père, elle trouverait un moyen de le lui faire payer, se promit-elle.

Mais il redevint aussitôt courtois et s'enquit du travail de son père, compatissant avec lui sur la fermeture de la petite école où il avait enseigné, et ses récentes difficultés à trouver une autre occupation.

Mr Stratford avait beaucoup changé depuis la dernière fois où elle l'avait vu brandir une arme et intimider la foule. À ce moment-là, alors qu'elle ne l'appréciait pas le moins du monde, elle avait ressenti une étrange exaltation devant le pouvoir qu'il manifestait. À présent, elle avait tout loisir de l'admirer tandis qu'il conversait avec son père, faisant montre d'intelligence et d'une nature prévenante qui n'avaient pas été mises en évidence auparavant.

Elle se surprit à souhaiter que les choses puissent être différentes, et qu'il s'agisse là de leur première rencontre.

Si elle pouvait le voir d'un regard neuf, sans rien connaître de son comportement passé, peut-être pourrait-elle lui faire confiance elle aussi.

Et cependant, elle ne pouvait s'empêcher de penser que cet étalage de bonnes manières était aussi faux que son entorse à la cheville.

Sa redingote était à la dernière mode de Londres, coupée à la perfection et destinée à donner une apparence de gentleman à ses larges épaules musclées par le travail, dont elle avait senti la puissance quand il l'avait prise dans ses bras.

Il était rasé de près, mais ses cheveux étaient légèrement trop longs. Une mèche bouclée était tombée sur ses yeux tandis qu'il hochait la tête à quelque chose que disait son père, et il la repoussa d'un geste impatient de la main.

S'ils ne pouvaient être qualifiés de gracieux, ses mouvements étaient précis. Ses mains semblaient davantage faites pour réparer les machines que pour créer des œuvres artistiques – en d'autres termes, plus efficaces que douces.

Il s'exprimait avec des intonations soigneusement travaillées pour évoquer l'accent londonien, mais elle doutait qu'il en ait toujours été ainsi. En effet, dans les questions qu'il posait à son père, elle discernait parfois d'infimes inflexions typiques du Nord.

Elle détourna le regard avant qu'il ne puisse la surprendre en train de l'observer. Même s'il n'était rien d'autre qu'un commerçant qui essayait de se faire passer pour un noble, il méritait davantage de courtoisie que ce qu'elle lui offrait.

Ils roulaient à présent dans la longue allée menant au manoir où Barbara avait joué quand elle était petite. C'était avant le décès de Mary, bien sûr, et avant que sa sœur Anne ne devienne une lady inaccessible.

La maison avait-elle changé aussi ? se demanda-t-elle. Les endroits où elle s'était cachée derrière des fauteuils ou des statues étaient-ils encore les mêmes ?

Elle aurait certes aimé que les circonstances soient différentes, mais elle avait très envie de revoir cet endroit, ne fût-ce qu'une seule fois.

Consciente du regard que Mr Stratford posait sur elle tandis qu'il guettait sa réaction, elle essaya de détendre sa posture, et de ne pas ouvrir de grands yeux, de crainte qu'il ne s'imagine qu'elle était avide de découvrir l'endroit où il vivait, et peut-être jalouse de sa richesse.

— J'avais une amie qui habitait ici, dit-elle pour expliquer son intérêt.

— Et maintenant, vous avez également un ami, rétorqua-t-il soudainement.

Elle le dévisagea avec stupeur tandis que la calèche s'arrêtait.

Un valet vint ouvrir la porte, et Mr Stratford fit signe à son père de sortir le premier, afin qu'il puisse l'aider à descendre.

Profitant de ces quelques instants où ils étaient seuls, il murmura :

— Il n'y a pas de raisons que nous soyons ennemis.

— Il n'y en a pas non plus pour que nous soyons amis, répliqua-t-elle sèchement.

— Je pense qu'il est trop tôt pour en décider, dit-il, ignorant son animosité.

Il la porta pour entrer dans la maison tandis qu'elle protestait et agitait son pied déchaussé.

Il y eut un bourdonnement d'activité parmi les domestiques, la plupart d'entre eux les ayant reconnus, elle et son père.

— Posez-moi, insista-t-elle. Cela va se savoir au village, et ma réputation sera détruite.

— Si les gens parlent, votre père les fera taire et rétablira la vérité.

Mais il était peu probable que son père ait le moindre souvenir de l'événement.

— Je préférerais qu'aucune explication ne soit nécessaire.

— Et je préférerais que les gens cessent de me voir comme un ogre. Si je vous laisse vous déplacer en boitant dans ma maison, sans vous offrir mon aide, il se dira que je vous ai laissée souffrir pour punir votre père.

Pour le bien de Barbara, et pour préserver sa réputation, Mr Stratford expliqua donc aux domestiques que Miss Lampett était tombée, et qu'il ne voulait pas prendre le risque qu'elle se blesse davantage tant qu'elle n'aurait pas fait reposer son pied.

Mais, ce faisant, il la tint fortement serrée contre lui, pour lui faire comprendre qu'il appréciait grandement la situation.

— Vous pouvez me poser, je suis prête à prendre le risque, dit-elle.

Jetant un regard à une femme de chambre qui les dévisageait avec stupeur, elle ajouta :

— Je me sens bien à présent.

Il feignit de ne pas avoir entendu, et demanda qu'on apporte le thé dans la bibliothèque. Puis il porta Barbara à travers le vaste hall, et la déposa sur un sofa devant la cheminée.

Comment Mr Stratford avait-il deviné l'effet apaisant qu'avaient les livres sur son père ? se demanda-t-elle. Bien qu'il eût plus de difficultés avec les personnes depuis l'accident, les mots imprimés lui apportaient un grand réconfort. La bibliothèque du manoir de Clairemont était la plus grande de la région, et le meilleur endroit possible pour favoriser la guérison de son père.

Tandis que les domestiques préparaient le thé, son père déambula le long des rayonnages, en laissant courir le bout de ses doigts sur les volumes recouverts de cuir.

Mr Stratford le regarda faire, puis il lui proposa de choisir un livre à sa convenance, en se lamentant que les affaires ne lui laissent pas assez de temps pour profiter de sa bibliothèque.

Bernard Lampett eut un hochement de tête reconnaissant, et devint vite silencieux, ignorant la tasse de thé qui lui avait été servie et l'assiette de petits-fours, au profit du roman historique qu'il tenait à la main.

Mr Stratford adressa un sourire entendu à Barbara.

— Pendant que votre père est occupé, vous

serait-il agréable de faire quelques pas dans le hall ? Si votre cheville va mieux, comme vous le dites, ce sera le moyen de m'assurer qu'il n'y a aucun danger à vous renvoyer chez vous.

Elle eut envie de lui rétorquer qu'il n'avait pas à se préoccuper de sa santé. D'ailleurs, elle ne voulait pas venir ici. Et c'était à elle de décider quand elle se sentirait prête à partir. Mais il serait très embarrassant de discuter du comportement de son père alors qu'ils se trouvaient dans la même pièce que lui. C'est pourquoi elle se résolut à accepter la proposition de Mr Stratford.

— J'en serais ravie, prétendit-elle.

Il l'aida à enfiler son bottillon et à le lacer, en faisant remarquer que l'absence de gonflement était un signe encourageant.

Alors qu'elle affichait un sourire placide, Barbara brûlait intérieurement au contact des doigts de Mr Stratford sur son pied et sa cheville. Il était très doux, comme s'il prenait soin de ne pas blesser une articulation qu'il supposait affaiblie, mais elle le soupçonnait aussi de la frôler pour son propre plaisir.

Même si elle avait conscience que ce n'était pas correct, elle ne pouvait s'empêcher de trouver cela dangereusement excitant.

Puis il se leva et passa le premier pour lui ouvrir la porte, se tenant respectueusement sur le côté pour qu'elle puisse passer. Elle s'efforça de ne pas tenir compte du sentiment de malaise que lui inspirait sa proximité, ne fût-ce que quelques instants.

Il était possible que sa proposition masque quelque chose de plus sombre.

Peut-être avait-il des vues sur sa vertu. Sa virilité était indéniable, et sans doute n'aurait-il pas de scrupules à céder à ses instincts masculins…

Se moquant d'elle-même et de ses doutes, elle eut un léger haussement d'épaules, à peine perceptible.

Mais, visiblement, rien n'échappait à Mr Stratford.

— La maison est-elle trop fraîche pour vous ? s'empressa-t-il de s'enquérir. Dans ce cas, je peux demander à une femme de chambre de vous apporter un châle.

— Non merci, ce ne sera pas nécessaire. Je crains seulement d'avoir légèrement pris froid sur la lande.

— Vos vêtements sont toujours humides, et je ne vous ai pas laissé le temps de boire votre thé.

Il eut une petite moue contrite.

— Mais je voulais vous parler seul à seul un moment, afin que vous sachiez que je ne vous tiens aucunement grief des récents événements.

Il se massa le front, comme s'il était fatigué.

— On ne peut guère être tenu pour responsable des actions de ses parents. J'ai moi-même un père à la personnalité difficile.

Il s'interrompit, et corrigea :

— J'avais. J'avais un père difficile. Il est décédé à présent. Je l'avais presque oublié.

— Je suis navrée, dit-elle poliment. Je suppose que votre deuil est récent s'il vous arrive encore de l'oublier.

Mr Stratford détourna les yeux, l'air embarrassé.

— Cela fait presque sept ans, en fait. Mais il se trouve que j'ai beaucoup pensé à lui dernièrement. Il était tisserand, voyez-vous.

Barbara ne put masquer son étonnement.

— Vous êtes le fils d'un tisserand ?

— Est-ce tellement surprenant ?

Il avait fièrement redressé le menton, comme s'il se tenait prêt à relever un défi.

— Avec les discours de soutien de votre père aux travailleurs, je ne m'attendais pas à ce que vous soyez orgueilleuse, Miss Lampett.

— Je ne suis pas orgueilleuse, protesta-t-elle. Simplement, je suis surprise que mon père ait besoin d'expliquer au fils d'un tisserand les préjudices de l'automatisation sur la vie des ouvriers.

— Là où vous voyez des préjudices, Miss Lampett, je vois de la liberté. La possibilité de faire plus de travail en moins de temps permet aux ouvriers de ne pas avoir à s'acharner du lever au coucher du soleil. Ainsi, ils auront la possibilité de s'instruire, et de découvrir ces livres que votre père apprécie tant.

— Les hommes qui ont perdu leur emploi à cause des machines ont du temps aussi, mais pas d'argent. Le temps n'est pas une bénédiction quand il n'y a pas de nourriture sur la table.

Mr Stratford ricana.

— La raison pour laquelle ils n'ont pas de travail n'a rien à voir avec moi. N'ont-ils pas brûlé la filature qui les employait et contraint son propriétaire à fuir avec sa famille ? Qu'ils ne viennent pas se plaindre maintenant s'ils n'ont plus aucune source de revenus.

— Lorsque les hommes sont désespérés, ils ont recours à des actions désespérées. Le propriétaire, Mr Mackay, était un homme impitoyable, qui traitait mal ses ouvriers. Il n'est pas étonnant qu'ils se soient rebellés.

— Et je suis certain que les discours enflammés et les incitations à la vindicte de votre père n'ont pas aidé.

— Mon père n'a rien à voir avec la destruction de la filature. Au contraire, il s'est efforcé d'apaiser la situation.

Stratford ricana.

— Il me réserve sa colère, alors que je ne suis pas ici depuis assez longtemps pour que l'on sache si je suis cruel ou compatissant.

— Il n'a pas toujours été tel que vous le voyez aujourd'hui, expliqua Barbara. Un récent accident a troublé son esprit. Jusqu'à cette nuit-là, il était le plus doux des hommes, à l'image de ce qu'il est en ce moment. Mais parfois, lorsqu'une idée lui traverse la tête, il peut devenir très agité.

Si Mr Stratford se rappelait la scène de la filature, il devait savoir que le terme « agité » était un euphémisme.

— Mère et moi ne savons que faire.

— Vous feriez bien d'agir, répliqua Mr Stratford. Il semblerait qu'il aille de plus en plus mal. Si vous n'étiez pas intervenue aujourd'hui…

Il marqua une pause infime.

— Quelqu'un aurait pu être blessé.

Son intonation laissait entendre qu'il ne craignait pas pour sa propre vie.

— Êtes-vous en train de menacer mon père, Mr Stratford ?

— Pas sans raison, je vous assure. C'est un homme violent. S'il le faut, je ferai appel à la loi pour l'empêcher de nuire. Ce serait fort dommageable si, comme vous le dites, il devenait totalement incontrôlable.

— Que proposez-vous ? De le faire enfermer chez les déments ?

— Si c'est nécessaire. À moins que vous ne fassiez le nécessaire pour qu'il ne sorte plus de chez lui.

En le voyant si indulgent, offrant du thé et des livres à son père, Barbara s'était imaginé qu'il était capable de comprendre, et peut-être même de résoudre les problèmes de sa famille.

Mais il venait de prouver qu'il était aussi dur et insensible que lorsqu'elle l'avait vu menacer la foule.

— Vous n'avez pas de cœur pour proférer ce genre de menaces pendant la période de Noël.

Joseph Stratford haussa les épaules.

— Je ne vois pas le rapport avec la date qui figure sur le calendrier. La filature ouvrira en janvier, que ça plaise ou non aux villageois. Mais il me reste encore beaucoup de travail d'ici là, et je ne laisserai pas votre père détruire ce qui est déjà en cours avec ses accusations sans fondement et ses menaces de violence. Est-ce bien compris, Miss Lampett ?

— Oh ! je ne comprends que trop bien ! répliqua-t-elle avec un regard méprisant. Vous ne voulez pas que notre grossièreté et notre pauvreté offensent vos riches invités londoniens.

Tout le monde au village avait entendu des rumeurs d'étrangers venant au manoir pour les fêtes, et spéculait sur l'inévitable débauche de divertissements et de victuailles qui en découlerait.

— Et vous avez l'audace d'exiger que j'enchaîne mon père dans notre cottage, comme un chien enragé, afin qu'il ne vienne pas vous troubler, vous et vos amis, avec la situation financière dramatique de vos ouvriers.

Barbara avait l'impression de parler comme son père au début d'une de ses diatribes. Et elle était assez inconsciente pour le faire, alors qu'elle était seule avec un homme qui résolvait ses problèmes avec un pistolet chargé.

— Il fut un temps où ma situation était à peine meilleure que la leur, répondit Mr Stratford.

— Dans ce cas, vous devez l'avoir oublié pour laisser les gens souffrir ainsi.

— Oublié ?

Il s'avança, le regard dur et hargneux.

— Il n'y a rien de romantique dans la vie d'un ouvrier. Seule une personne qui ne sait pas ce qu'est le travail se battrait pour préserver le droit des autres à mourir jeune d'avoir trop travaillé.

Soudain, il lui prit les mains et les tourna pour passer le bout de ses doigts sur ses paumes.

— C'est bien ce que je pensais. Souples et douces. De vraies mains de lady.

— Il n'y a pas de honte à être une lady, répliqua Barbara avec toute la dignité dont elle était capable.

Elle n'essaya pas de se libérer, consciente du fait qu'il pouvait très facilement la retenir s'il le voulait.

Les doigts de Mr Stratford se resserrèrent autour des siens, et son regard parut s'assombrir encore.

— Mais il n'y a pas non plus de fierté à être pauvre.

Les pouces de Mr Stratford dessinaient de petits cercles au creux de ses paumes, et leur légère rugosité semblait accentuer la douceur de sa propre peau.

— Cela ne veut pas dire que nous ne devons pas ressentir de la sympathie pour ceux qui sont moins chanceux que nous.

Il se tenait un peu plus près que ne l'autorisait la bienséance, et Barbara réalisa que sa voix était essoufflée et nerveuse.

— La chance, il faut savoir la saisir quand elle se présente, rétorqua-t-il. Sans les machines contre lesquelles ils se battent, je ne serais pas différent d'eux aujourd'hui, me démenant pour essayer de gagner ma vie, au lieu de tenir les mains d'une charmante lady dans ma grande maison.

Ce n'était pas sa maison, ne put s'empêcher de penser Barbara. Il l'avait prise, tout comme il lui avait pris les mains.

— Je ne vous ai pas donné la permission de le faire, lui rappela-t-elle.

— Vous ne m'avez pas non plus autorisé à vous porter. Mais, j'en avais envie, et je l'ai fait. C'était d'ailleurs très agréable de vous avoir dans mes bras.

Il l'attira encore plus près, jusqu'à ce que sa jupe frôle les jambes de son pantalon.

Elle ne bougea pas, même s'il avait libéré ses mains.

— J'ai beaucoup de chance que vous soyez encline à prendre en pitié un pauvre ouvrier. Peut-être voudrez-vous m'accorder un peu de cette sympathie.

Il fit courir un doigt le long de sa joue, comme pour en mesurer la douceur.

Barbara veilla à se tenir immobile, ne voulant pas que Mr Stratford réalise combien elle était proche de trembler.

Si elle criait, cela attirerait toute la maisonnée et mettrait un terme immédiat à cet entretien, la sauvant du dilemme contre lequel elle se débattait.

En effet, si elle ne trouvait pas la repartie intelligente qui la ferait paraître sophistiquée, elle ne pouvait pas non plus prétendre qu'il la répugnait.

Ce n'était pas du tout le cas, en réalité. Il y avait beaucoup de douceur dans la façon dont il la touchait, et cela lui faisait oublier tout ce qui s'était passé avant.

Lui aussi semblait l'avoir oublié, car sa voix était plus douce, plus grave et plus lente.

— Votre père a brisé un de mes métiers à tisser, aujourd'hui. Mais il sera remplacé, et je ne dirai rien sur la façon dont il a été détruit.

— Merci, murmura-t-elle.

— Si vous voulez que j'oublie ce détail, il va me falloir autre chose.

Mr Stratford inclina lentement la tête, et ses lèvres s'approchèrent de celles de Barbara.

Bien qu'elle eût parfaitement conscience de ce qui était sur le point de se produire, elle resta immobile et ferma les paupières, à la fois effrayée et ravie des sensations que l'attente éveillait en elle.

Enfin, il effleura ses lèvres.

C'était un baiser léger et doux, comme l'avaient été ses gestes quand il avait touché sa cheville ou lui avait pris les mains. Mais à la seconde où leurs bouches se frôlèrent, Barbara sentit tout son corps s'embraser.

Puis les baisers de Mr Stratford se firent de plus en plus conquérants, passionnés et avides. Lentement, leurs corps se réunissaient, et chacun devinait la chaleur de l'autre à travers l'étoffe des vêtements. Il l'encerclait, et ses bras formaient un monde à part, qui leur était uniquement réservé. La lente exploration de sa langue et de ses mains l'ouvrait à de nouvelles sensations, aussi exquises que déroutantes.

Tandis qu'une impression de plaisir inédite se diffusait en elle, une douce langueur l'enveloppa et, bien qu'elle sût qu'il existait certains endroits de son corps que Mr Stratford ne devait pas toucher, elle ressentit soudain une envie irrépressible de sentir ses doigts s'y poser.

À cette pensée, son embarras fut tel que, dans un sursaut de volonté, elle parvint à s'arracher aux lèvres de Mr Stratford et à le repousser.

Il ne chercha pas à la retenir et, l'observant d'un air ironique, il toucha ses propres lèvres avec précaution, comme si elles pouvaient être suffisamment chaudes pour lui brûler les doigts.

— Cessez immédiatement ! s'exclama-t-elle.

Il sourit.

— Et maintenant, je suppose que vous voulez que je vous présente des excuses.

— Uniquement si vous voulez que je vous prenne pour un gentleman, rétorqua-t-elle.

Il haussa les épaules.

— Je ne suis pas un gentleman. N'est-ce pas tout le problème entre nous ? Un ouvrier enrichi vivant dans la maison de personnes qui lui sont supérieures, mais qui ont tout perdu en raison de mauvais placements… Ma présence ici dérange l'ordre naturel des choses. Et le fait que j'ose vous toucher…

— Ce n'est pas du tout le problème ! protesta-t-elle. Je me moque de ce que vous êtes. Ce baiser n'aurait jamais dû avoir lieu. Avec aucun homme. Mais, surtout pas avec vous.

— Je ne sais pas, dit-il avec un sourire ironique. Je pourrais être le meilleur choix pour un tel marivaudage. Si vous vous plaignez auprès de votre père, je serai obligé de réparer l'offense qui vous a été faite. Et ainsi, ma maison et ma fortune seraient à vous. Vous pourriez me piéger et m'obliger à vous épouser.

— Mais pour cela, il faudrait que j'avoue à père que vous m'avez touchée, Mr Stratford. Or, je crois que nous pouvons raisonnablement dire qu'une telle chose ne se produira jamais. Pas pour tout l'argent du monde, ni avec le manoir de Clairemont en guise de trophée. Maintenant, veuillez me raccompagner à la bibliothèque.

Mr Stratford eut un sourire triomphal, comme s'il s'attendait à cette conclusion depuis le début.

— Très bien, dans ce cas. Je vous conduis à votre père, et vous pourrez rentrer chez vous. Je suppose, à présent que nous avons mis les choses au point, que je ne vous reverrai plus, et que je n'aurai plus à endurer les tirades de votre père…

Barbara voulut répondre, mais il ne lui en laissa pas le temps.

— Je vois bien qu'elles sont dictées par la folie, mais cela doit cesser. Si la révolte se poursuit et perturbe l'ouverture de la filature, ou si mon équipement est de nouveau saccagé, je serai contraint de prendre des mesures. Voyez-vous, je n'ai pas l'intention de renoncer maintenant, alors que je n'ai jamais été aussi proche de la réussite.

Pivotant sur ses talons, il la conduisit vers la bibliothèque.

Tandis qu'il ouvrait la porte, il fit de nébuleux commentaires sur le mobilier et les tableaux, comme s'ils venaient de visiter la maison.

Le plus irritant, c'était que certaines des choses qu'il disait étaient inexactes, prouvant qu'il ne savait presque rien de ce qu'il possédait.

Il ne valait réellement pas mieux que ce qu'il avait dit. Un homme qui ignorait tout sauf une chose : l'argent. Certes, il avait réussi, mais était-ce important si ça avait fait de lui une personne grossière et cruelle ?

Lorsque Barbara et Joseph entrèrent dans la pièce, Bernard Lampett leva les yeux comme s'il avait oublié ce qu'il faisait là.

— Je crois qu'il est temps que nous partions, père, dit Barbara d'un ton ferme. Nous avons déjà trop abusé de l'hospitalité de Mr Stratford.

Son père jeta un regard nostalgique au livre qu'il tenait encore dans ses mains.

Joseph Stratford déclara aussitôt :

— Je m'en veux de vous arracher à votre lecture, monsieur. Je vous en prie, acceptez ce volume comme un cadeau de ma part. Cela me fait grandement plaisir de le savoir dans les mains de quelqu'un qui sait l'apprécier.

Parce que vous n'en avez pas l'usage, espèce de rustre analphabète, songea Barbara.

Elle répondit, avec un sourire sans doute trop lumineux :

— Comme c'est attentionné de votre part, Mr Stratford.

Son père approuva.

— Les livres sont une précieuse denrée par ici, et il est rare que nous ayons quoi que ce soit en provenance de Londres qui ne soit pas un périodique ou un magazine de mode.

Bernard Lampett fronça le nez devant l'inadéquation d'une telle lecture pour un homme de lettres.

Mr Stratford hocha la tête avec sympathie.

— Dans ce cas, nous verrons ce qui peut être fait pour corriger ce manque. En attendant, si quelque chose vous intéresse dans ma bibliothèque, faites-le-moi savoir. Je vous le ferai livrer.

Son intonation se fit soudain plus déterminée, presque impatiente.

— Et maintenant, il semblerait que votre fille soit tout à fait remise. Puis-je vous faire reconduire au village ?

Son père se leva, et les deux hommes discutèrent

tandis qu'ils se dirigeaient vers la porte, comme s'ils étaient de vieux amis.

En l'espace d'une heure à peine, Bernard Lampett s'était remis de son accès de rage, et Mr Stratford se comportait comme si les incidents à la filature et dans le couloir n'avaient jamais eu lieu.

Mais au cours de cette même heure, Barbara avait irrémédiablement changé, perdant son assurance et sa confiance en elle.

Chapitre 5

Plus tard dans la journée, des invités commencèrent à arriver, et Joseph fut soulagé de ne pas avoir le temps de penser à Barbara Lampett.

Même s'il savait qu'il aurait dû concentrer son énergie ailleurs, le souvenir de ses douces lèvres occupait toujours un coin de son esprit.

C'était de la folie de l'avoir entraînée dans le hall.

Il savait pourtant qu'il ne pouvait avoir totalement confiance en lui-même quand il était seul en présence d'une aussi jolie femme.

Il aurait dû se limiter à lui demander de modérer les actions de son père.

Mais il avait ressenti le besoin ridicule de lui montrer sa maison, afin qu'elle mesure l'étendue de sa réussite.

Peut-être même avait-il eu en tête l'idée de lui voler un baiser, à la faveur d'un recoin sombre…

En fin de compte, alors qu'il avait voulu l'impressionner, il s'était comporté de façon stupide et immature.

Ce qui avait commencé comme une dispute

s'était terminé par un bref et fougueux échange d'émotions partagées, et cela avait été aussi plaisant qu'inconvenant.

Mais, si de petites indiscrétions comme celle-ci se produisaient fréquemment, des ladies telles que Barbara Lampett n'admettraient jamais qu'elles étaient capables d'une telle chose.

Il était évident qu'elle n'apprécierait pas qu'on le lui rappelle, et ne prendrait pas le risque que cela se reproduise.

Il ne la reverrait plus jamais.

Et les choses en resteraient là.

Prenant sur lui, Joseph reporta finalement son attention sur des sujets plus importants. Au nombre de ceux-ci figuraient les refus parfois fort discourtois qui étaient arrivés aujourd'hui par courrier.

Ainsi, il apparaissait que sa maison ne serait qu'à moitié pleine pour Noël.

Mais c'était sans importance.

Même deux personnes suffiraient, pourvu qu'elles fussent suffisamment riches et intéressées par ses projets.

Comme promis, Joseph laissa Robert faire les présentations, et s'occuper du programme des activités, faisant quant à lui de son mieux pour répondre d'une façon qui ne soit ni brutale ni gauche.

Sa proposition que la partie de patinage sur l'étang, prévue le lendemain, se termine par une collation servie dans l'un des entrepôts vides fut gracieusement accueillie, après que les dames eussent obtenu l'assurance que tout était propre, et que l'on n'y travaillait pas encore.

Tandis qu'ils se trouveraient sur place, Joseph en profiterait pour faire visiter l'atelier et ses rangées de machines neuves. Robert parlerait du succès qu'ils avaient obtenu dans la fabrication et la vente à d'autres filateurs de ces métiers à tisser.

La graine serait plantée…

Ensuite, une procédure qui lui était désormais familière se mettrait en place.

Avant qu'ils ne repartent pour Londres, un ou deux hommes approcheraient Robert, ainsi que cela se faisait toujours après ce genre de rassemblements, et feraient de désinvoltes remarques sur les risques et les profits.

Une discrète négociation serait arrangée, où l'argent ne changerait pas de main. Une vague promesse serait évoquée, car ces gens-là n'avaient jamais d'argent sur eux. Ils avaient des cartes de visite, écrivaient des lettres d'introduction aux banquiers, qui restaient en retrait, là où était leur place. Mais, s'ils faisaient une offre, celle-ci serait suivie d'effet.

Il était question d'honneur. La parole d'un vrai gentleman était aussi recevable qu'un document bancaire.

*
* *

Lorsque ses derniers invités se retirèrent dans leurs chambres, lui laissant la liberté de quelques heures de repos, Joseph grimaça.

Il était harassé ce soir, après la nuit agitée de la veille. Le dîner l'avait également fatigué.

Traiter avec la noblesse, et son besoin de paraître oisive tout en faisant des affaires, c'était pour lui comme parler une autre langue.

C'était tellement plus facile de s'adresser à des déséquilibrés comme Lampett. Même si sa nature était changeante, au moins livrait-il sans détour le fond de sa pensée quand il était dans son état normal.

Pour parler vrai, la ravissante fille de Lampett était cent fois mieux que les jeunes aristocrates qu'il était supposé rencontrer cette semaine.

Même Anne Clairemont, dont la famille avait fait une brève apparition ce soir, avait paru confondue par la conversation, et nerveuse à l'idée de patiner sur un étang gelé.

Il ne lui en aurait pas voulu si elle avait décliné. Mais elle avait cherché le regard de son père, cillé deux fois, et déclaré que c'était une idée formidable.

Miss Lampett, dans une situation similaire, aurait probablement annoncé à l'assemblée que cette excursion n'était qu'une négociation commerciale habilement dissimulée, et aurait refusé tout net d'y participer.

Étrangement, cette perspective ne l'ennuyait pas. Il s'imaginait bien l'entraîner dans le couloir pour lui faire la leçon, et terminer cette mise au point par un baiser enflammé.

Lorsque son valet l'eut laissé pour la nuit, Joseph se cala contre les oreillers et remonta les couvertures sous son menton, fermant les yeux et se remémorant ce baiser.

Il n'aurait vraiment pas dû l'embrasser. C'était déplacé et injuste de sa part de profiter de l'innocence de Barbara.

Mais il le referait si l'opportunité lui en était donnée. Cela, et bien plus encore…

Joseph fut réveillé par la faim.

Cela n'avait aucun sens.

La pendule sonnait seulement une heure du matin, et le dîner avait été un festin, se prolongeant jusque tard dans la nuit. Il y avait participé avec enthousiasme.

Mais les effets du repas s'étaient estompés, le laissant l'estomac vide, en proie à une faim si forte qu'elle en était douloureuse.

Il n'avait pas ressenti cela depuis qu'il était devenu maître de sa propre vie. C'était le genre de tourment qu'il avait connu quand il était enfant, lorsqu'il allait se coucher le ventre vide, en sachant qu'il n'y aurait rien pour le remplir le lendemain.

Cette carence atroce était comme un membre du corps, un bras ou une jambe : il vous accompagnait partout, à tout moment, en tous lieux. Il était toujours là, impossible à chasser.

Mais il lui était facile d'y remédier, à présent. Il lui suffisait d'appeler son valet et de lui dire qu'il souhaitait qu'on lui monte un plateau.

Certes, il faudrait pour cela tirer du lit quelques domestiques mais, quel était l'intérêt d'avoir du personnel si l'on ne pouvait pas être servi à toute heure du jour et de la nuit ?

Lorsque Joseph ouvrit les yeux, la pièce était étrange. Ce n'était pas sa chambre, mais un lieu vide, nimbé d'un curieux halo doré.

D'un coin de la pièce monta soudain un soupir.

Joseph se redressa et regarda dans la direction d'où s'était élevé le son.

Un homme était assis là, un chevalier portant perruque et enveloppé dans une cape richement ornée. La lumière provenait d'une couronne de feu encerclant sa tête.

Cet homme lui était inconnu, et lui paraissait pourtant étrangement familier. Il soupira à nouveau, regarda Joseph, et secoua la tête avec commisération.

— Lorsque j'ai été appelé ici, je dois admettre que je m'attendais à mieux. Ce n'est pas l'environnement auquel je suis habitué.

Le chevalier soupira de plus belle.

— Que voulez-vous dire ? s'étonna Joseph.

Il se frotta les yeux, cherchant à se réveiller.

— J'ai grandi dans une pièce semblable à celle-ci, et…

En réalité, il avait grandi dans une pièce rigoureusement identique. Son apparence était quelque peu adoucie par la lueur qui entourait le fantôme, mais c'était bel et bien la même pièce.

C'était là qu'il avait ressenti la faim qui le torturait à présent, aussi vive et réelle qu'autrefois.

— J'appartiens au manoir, et j'ai été envoyé pour vous y ramener, dit l'homme d'un ton brutal. Je dois cependant vous dire que la maison n'est plus aussi agréable à vivre qu'elle l'était avant que vous n'en preniez possession.

Joseph s'assit dans son lit, et réalisa que celui-ci s'était transformé en étroite couchette, garnie d'un maigre matelas, et d'une couverture râpée.

— Vous ne m'emmènerez nulle part. Je suis toujours dans ma demeure, profondément endormi, et je rêve.

Cette fois, il se pinça fortement le dessus de la main.

Le cavalier soupira tant et plus.

— Je croyais que tout vous avait été expliqué. Trois visiteurs viendront et vous montreront vos erreurs. Vous en tirerez peut-être un enseignement. Tout dépend de votre nature…

L'homme s'exprimait avec un détachement laissant entendre qu'il ne se souciait guère de ce qu'apprendrait Joseph, pourvu que ce fût fait rapidement et avec le moins de dérangement possible pour lui.

Joseph regarda sévèrement le fantôme, agacé qu'il soit toujours là.

— Mon père m'a parlé de cela, ce qui est totalement impossible car il est décédé et ne peut plus rien dire. Et s'il a mentionné trois visiteurs, il n'a pas précisé de quelle nature ils seraient. D'ailleurs, il aurait pu dire quatre, en se comptant lui-même.

— Ne croyez pas que vous allez vous sortir comme cela d'une situation que vous avez vous-même créée.

Avec un soupir, le chevalier agita devant son nez un mouchoir bordé de dentelle, comme s'il était offensé par la puanteur d'un si humble environnement.

— Veuillez vous taire, et je vais tout vous expliquer. Ensuite nous pourrons rentrer à la maison.

— Mais vous n'êtes pas réel !

C'était fort ennuyeux de se faire donner la leçon par sa propre imagination.

Soudain, il reconnut le personnage assis devant lui.

— Vous êtes Sir Cedric Clairemont. Votre portrait est accroché dans la galerie du deuxième étage. Et cette pièce est l'endroit où j'ai grandi. Mes souvenirs se mélangent dans mon rêve.

Sir Cedric lui lança un regard agacé, et soupira à nouveau, comme s'il avait affaire à un enfant difficile.

— Laissez-moi vous expliquer les choses clairement, de façon à ce que vous les compreniez. J'aimerais pouvoir dire que je suis aussi réel que vous, mais ce serait un manquement à la vérité.

Il eut un petit soupir nostalgique.

— J'ai été réel. Aujourd'hui, je suis un esprit, tout comme votre père. Comme le sont aussi ceux qui viendront après moi. À l'issue de nos visites, vous saurez qui vous étiez, qui vous êtes, et qui vous allez devenir.

— Je sais déjà cela. Je n'ai pas besoin de votre aide. Et je ne vais pas me laisser effrayer par une rêverie qui n'est autre que le résultat d'un repas trop copieux.

— Touchez-moi, ordonna l'esprit.

Il ne semblait pas assez réel pour qu'on le touche, ressemblant en tout point à son portrait.

Mais, se demanda Joseph, à partir de quel souvenir avait-il créé la voix de l'homme, qui était légèrement nasale ? Ou son maniérisme tandis qu'il se déplaçait avec sa canne d'apparat, et l'observait avec une supériorité amusée.

— Eh bien, finit par s'impatienter le revenant. Sortez de ce lit et prenez ma main.

— Je ne bougerai pas d'ici.

Sir Cedric lui sourit d'un air ironique.

— Fort bien. Je vais donc vous montrer des images de votre enfance. Encore que je me demande pourquoi vous voudriez les voir. Elles ne sont guère plaisantes.

Comme si une chandelle avait été allumée, un

coin de la chambre s'éclaira, et Joseph ressentit une peur grandissante.

C'était l'endroit de la maison de son enfance où se trouvait le métier à tisser.

— Resserre la trame.

Il entendit la gifle et ressentit l'impact sur le côté de sa tête, bien qu'elle eût été assenée des années auparavant au jeune garçon assis là.

— Désolé, père, dit le jeune Joseph en tâtonnant avec la navette de fil.

L'homme qui se tenait au-dessus de lui pouvait à peine contenir son impatience.

— Être désolé ne servira à rien quand il y a une commande de cette importance à fournir. Tu dois faire ta part.

L'homme éleva encore la voix.

— Un travail bâclé qui doit être recommencé le lendemain nous fait perdre un temps considérable. Non seulement je dois faire ma propre part, mais je dois sans cesse te surveiller. Tu ne sers à rien.

— J'étais trop petit, s'exclama Joseph en bondissant hors du lit. Mes bras n'étaient pas assez longs pour faire ce travail. Toutes les réprimandes du monde n'y auraient rien changé.

— Il ne peut pas vous entendre, déclara calmement le fantôme. Vous vivez dans deux mondes différents. Deux époques distinctes.

— C'était Noël, et ce n'était pas juste, dit Joseph en essayant de contrôler l'intonation infantile de sa voix.

— La vie est rarement juste.

— J'ai fait en sorte qu'elle le soit. Mon nouveau métier est plus large, mais si simple qu'un enfant peut l'utiliser. Les tisseurs de Fiddleton et des autres endroits qui emploient un métier Stratford ne battront pas leurs enfants à Noël pour un travail inachevé.

Le fantôme ne dit mot, comme si les améliorations pensées par Joseph n'avaient rien apporté de bon à personne.

— Avez-vous besoin d'autres rappels de votre passé ?

Sans réfléchir, Joseph secoua la tête.

Le passé était parfaitement clair dans son esprit sans qu'il eût besoin de cela. Cela avait été extraordinairement difficile à vivre, et il était content d'en être débarrassé.

— Grâce à moi, dit-il fièrement, mon père est mort dans une maison confortable et bien chauffée, dans un lit que j'avais acheté pour lui, et non pas en s'épuisant dans une filature.

— Prenez ma main et venez.

Sir Cedric paraissait presque compatir. Sa voix était plus douce, incitant gentiment Joseph à agir.

Tournant le dos à la vision, Joseph prit la main du spectre. Les doigts étaient gelés et durs comme le marbre, mais semblaient bien réels.

— Très bien. Qui que vous soyez, conduisez-moi au manoir et à mon lit.

Joseph sentit sur son visage la caresse humide du brouillard, et entendit hurler le vent sur la lande.

Puis il se retrouva brutalement chez lui, marchant dans le hall pieds nus et en tenue de nuit.

— Que diable… ?

Tirant sur la main de Sir Cedric, il essaya de le faire pivoter vers l'escalier.

— J'ai dit que je voulais regagner ma chambre, vieux fou. Si mes invités me voient déambuler à travers la maison en tenue de nuit, ils penseront que j'ai perdu la tête. Tous mes projets seront fichus.

La main de Joseph semblait collée à celle du fantôme, et il se trouva contraint de le suivre dans la partie la plus animée de la maison, qui se trouvait violemment éclairée, et fourmillait d'activité.

— Ne soyez pas stupide, Stratford. Je suis un fantôme du passé et, tant que vous êtes avec moi, personne ne peut vous voir. Nous sommes en 1800, le soir même où vous avez reçu cette gifle. La fête de Noël est célébrée comme elle l'a toujours été. Les portes sont ouvertes aux habitants de Fiddleton : gens du peuple, nobles amis et voisins se mêlent ici pour la joie de tous.

Le fantôme frappa un seul coup de sa canne, et les portes de la salle de bal s'ouvrirent en grand. Un halo doré en jaillit, éclairant le hall et les invitant à entrer.

C'est ainsi que cela devrait être.

Cette pensée surprit Joseph, comme si la vue

de ce Noël d'autrefois était la pièce manquante d'un puzzle.

La maison était presque la même, les odeurs du repas de fête étaient assez semblables également. Mais c'étaient les personnes qui créaient la différence.

Même dans une période de célébration et d'allégresse, ses invités restaient polis et réservés. Les hommes qui envisageaient de faire des affaires avec lui le regardaient comme s'ils évaluaient leurs gains et leurs pertes. La famille d'Anne le traitait avec une étrange combinaison de déférence et de mépris. Quelques-uns l'évitaient, redoutant de donner l'impression qu'ils appréciaient sa compagnie, ce qui aurait eu pour conséquence un désastre social.

Mais l'ambiance était très différente ici.

Il ne s'agissait pas seulement du style pittoresque des vêtements, ou de l'allure surannée de la danse. Il y avait cette lueur dans les yeux des participants : une confiance dans l'avenir, une joyeuse étincelle. Comme s'ils ne doutaient pas que l'avenir serait aussi heureux que le passé l'avait été.

Mais il est vrai qu'ils ne ployaient pas sous le poids d'une guerre sans fin, ou le sentiment que leur propre vie pourrait leur échapper à cause des décisions prises par des hommes de pouvoir et d'argent.

Ils dansaient, chantaient et buvaient ensemble, comme si rien ne pouvait les atteindre.

Un tel esprit était contagieux, et Joseph ne put s'empêcher de sourire à cette vue.

La musique s'interrompit, et il entendit rire deux fillettes, qui jouaient à se poursuivre en zigzaguant entre les meubles.

— N'avez-vous pas envie que cela s'arrête, demanda le fantôme. C'est épuisant, n'est-ce pas ? Tout ce bruit et cette agitation.

— Au contraire. C'est merveilleux.

En comparaison avec cet étrange rassemblement, si enclin à la gaieté, les festivités qu'il organisait, par trop dignes et calmes, manquaient de quelque chose. De vie.

Il reconnaissait là des gens du village : l'épicier, le meunier et des versions plus jeunes de ces mêmes ouvriers qui, la veille, l'avaient menacé de briser ses métiers à tisser. Mais dans cette scène, ils dansaient avec tout le monde, comme s'ils faisaient partie de la maisonnée.

Joseph adressa un regard surpris au fantôme.

— C'est le bal annuel des châtelains, expliqua Sir Cedric. Il s'est tenu chaque soir de Noël, jusqu'à ce que le dernier propriétaire n'ait plus été en mesure de l'assumer financièrement.

— S'il avait mieux géré sa fortune, et n'avait pas dépensé son argent en frivolités de ce genre, peut-être résiderait-il encore ici.

Mais sa conscience soufflait à Joseph combien cette réplique était injuste. La fête qu'il organisait était beaucoup plus élaborée et plus onéreuse que celle-ci, mais certainement dix fois moins heureuse.

— Il semble pourtant connaître une belle réussite, ne pensez-vous pas ?

Levant sa canne, Sir Cedric désigna l'endroit où se trouvait le père d'Anne, Mr Clairemont. L'homme semblait heureux, presque insouciant. Jamais Joseph ne l'avait vu ainsi.

Mais la différence était encore plus drastique chez Mrs Clairemont. Onze ans auparavant, c'était une belle femme, qui entrait gracieusement dans la maturité. À présent, c'était une vieillarde aux cheveux gris, à l'air pincé et aux reparties acerbes.

— La raison pour laquelle les Clairemont ont quitté cette maison ne vous regarde pas. En revanche, j'ai entendu dire que le nouveau maître est beaucoup plus dur.

Le fantôme lui adressa un regard déçu, avant de soupirer avec force.

— Je suis dur parce que je n'ai pas invité tout le village pour le repas de Noël ?

Joseph agita la main pour désigner l'assemblée.

— Comment pouvais-je être informé de cette tradition ? Je ne suis pas né dans la région, et Clairemont ne m'a rien dit quand il m'a vendu la maison.

À présent, le lord du manoir offrait des paniers aux familles, serrait des mains et donnait des claques dans le dos, comme si tous les hommes présents étaient de vieux amis.

Réalisant qu'Anne devait se trouver quelque part dans la foule, et n'était pas plus âgée que les fillettes qu'il avait vues jouer un peu plus tôt, il regarda autour de lui.

Mais il y avait des enfants partout, qui couraient dans les couloirs, jaillissaient de derrière une porte ou d'autres cachettes, sans tenir compte des adultes.

Puis il repéra Anne, bien que la petite fille ne ressemblât en rien à l'adulte qu'il connaissait.

Dans l'enfance, il n'y avait pas trace de cette sombre langueur que la jeune femme présentait aujourd'hui. Petit lutin malicieux, Anne ne prêtait pas attention au fait que les rubans dans ses cheveux s'étaient détachés, tout occupée qu'elle était à ne pas se laisser attraper par celle qui la suivait.

Et l'autre fillette lui ressemblait énormément. Des jumelles ? Si ce n'était pas le cas, une année seulement devait les séparer.

— Mary ! Anne ! Attendez-moi.

Une troisième fillette apparut, comme sortie de nulle part, visiblement délaissée tandis que le jeu de poursuite continuait sans elle.

Concentrée comme elle l'était sur ses deux amies, la fillette ne vit pas Joseph, et le percuta de plein fouet.

— Excusez-moi, monsieur, dit-elle aussitôt, d'un ton embarrassé.

Comme il tendait la main pour l'aider à retrouver son équilibre, la fillette leva son petit visage vers le sien.

Barbara Lampett. Il ne pouvait s'agir que d'elle.

C'était en tout cas le même petit nez en trompette, le même regard d'un bleu perçant, animé de cette curiosité brute de l'enfance.

Personne ne lui avait dit qu'il ne fallait pas fixer les gens, ni ne lui avait enseigné à dissimuler sa vivacité d'esprit sous de bonnes manières qui n'étaient souvent qu'hypocrisie.

Ce soir, elle ne savait rien de lui. Elle n'avait aucune raison de croire qu'il n'était pas un gentleman, ni de se forger une opinion négative de lui.

— Ce n'est rien, Miss Lampett, dit-il. Allez retrouver vos amies.

Les deux autres fillettes étaient revenues la chercher. Lui prenant les mains, elles commencèrent à l'entraîner avec elles, sans se soucier de la présence de Joseph.

— Barbara, qu'est-ce que tu fais ? Viens.

Elle disparut alors, non sans lui avoir jeté un dernier regard par-dessus son épaule.

— Qui est cet homme en tenue de nuit ? demanda-t-elle à ses amies.

— Quel homme ?

Ses amies tournèrent la tête, surprise.

— Il n'y a personne.

— Je… Non, n'y pensez plus.

Barbara eut un petit sourire contrit, et s'éloigna.

— Elle a pu me voir ? dit Joseph, médusé.

Il baissa les yeux vers sa main, comme s'il

pouvait encore sentir sous ses doigts la mousseline de la robe de la fillette.

— Il semblerait, dit le fantôme, à peine intéressé. Certaines personnes voient le monde qui les entoure dans sa globalité, et d'autres non. Miss Lampett est plus attentive que les autres.

Joseph songea à nouveau à la mauvaise opinion qu'elle avait de lui. Ce n'était guère le signe d'une intuition exceptionnelle. Son animosité semblait partagée par la plus grande partie de la communauté.

— Et d'autres devraient apprendre à voir de quelle façon ils sont perçus, ajouta le fantôme.

— Vous parlez de moi, je suppose ? demanda Joseph.

— Vous me semblez singulièrement aveugle à votre environnement.

— Je vois davantage cela comme une capacité à éviter les distractions et à me concentrer sur le futur.

— Le futur n'est pas de mon ressort. Il y a un autre…

Le fantôme s'interrompit, avant de hausser légèrement les épaules.

— Vous verrez bien assez vite ce que le futur vous réserve. Pour le moment, je vous ai ramené dans le passé afin que vous puissiez en tirer un enseignement. Ne l'oubliez pas, mon garçon.

*
**

— Stratford ! Mais que diable fais-tu endormi dans le couloir ?

Joseph se réveilla en sursaut, fixant d'abord les jambes d'un homme, avant de lever les yeux sur le visage inquiet de Robert Breton.

— Le couloir ? répéta-t-il, perplexe.

Il fit un effort pour se rappeler les détails de la soirée précédente. Tout avait débuté normalement, mais…

Regardant autour de lui, il vit qu'il était affalé sur le sol, en face de la salle de bal, vêtu de sa tenue de nuit.

Il se leva d'un bond, et regarda autour de lui pour s'assurer qu'ils étaient seuls.

— Est-ce que quelqu'un…

— T'a vu ? Seigneur, j'espère que non. Je suis certain que nous en entendrons parler, si c'est le cas. Mais tu peux t'estimer heureux que je sois un lève-tôt. Que s'est-il passé, au juste ?

— Je ne sais pas trop. J'ai dû me lever dans mon sommeil. J'ai fait un rêve très agité.

— Eh bien, tu as très mauvaise mine. On dirait que tu as vu un fantôme.

— C'est bien possible…

Son ami le prit par le bras et l'entraîna vers l'escalier de service.

— C'est la perspective de tes fiançailles qui te met dans cet état ?

Sans laisser le temps à Joseph de répondre, il ajouta :

— Pour toi, ce n'est qu'un contrat d'affaires comme les autres, j'imagine.

— Pour Lord Clairemont aussi. Il souhaite qu'Anne revienne vivre dans cette maison. C'est la façon la plus efficace d'accomplir ce vœu.

Robert le poussa vers sa chambre.

— Quand elle sera là, tu ne lui prêteras pas plus d'attention qu'à tes meubles. Et c'est bien dommage. Anne est une fille charmante, et elle mérite ce qu'il y a de mieux.

Joseph ressentit une vague culpabilité tandis que la voix de son père résonnait à nouveau à ses oreilles, lui ordonnant de changer ses projets, et de prendre un nouveau départ.

Peut-être était-ce à ses fiançailles qu'il faisait allusion ?

Ses affaires étaient florissantes. Il n'avait pas besoin d'une femme pour cimenter sa réputation. Mais il ne voyait aucun moyen honorable de se retirer de l'arrangement qu'il avait conclu avec Clairemont.

— Il n'y a plus rien à faire, maintenant, dit-il avec exaspération. Nous sommes engagés l'un envers l'autre. Tout le monde sait que je vais faire l'annonce le soir de Noël. Je ne peux pas me désister, même si j'en ai envie. Le scandale serait plus terrible encore pour Anne que pour moi.

— Dans ce cas, le moins que tu puisses faire, dit Robert d'un ton radouci, c'est de la traiter avec les égards qu'elle mérite. Car, si je venais à découvrir que tu la négliges ou que tu la rends malheureuse, je serais forcé d'agir.

Joseph regarda son ami comme s'il le voyait pour la première fois.

Robert, qui avait toujours été loyal, amical et confiant, se comportait aussi étrangement que s'il avait, lui aussi, été l'objet de révélations nocturnes. Il paraissait en colère, ce qui était pour le moins troublant.

— Très bien, dit-il, tout en cherchant à lire sur le visage de son ami une explication raisonnable à ce changement. Je vais tenir compte de ton avertissement. Certes, il ne s'agira pas d'un mariage d'amour, mais je ferai en sorte qu'elle ne se sente pas délaissée.

Robert soupira.

— Je suppose que je ne peux pas en attendre plus de toi. Mais, veille à te souvenir de ta promesse, ainsi que de la mienne.

L'écho d'une voix provenant de la galerie des portraits fit soudain sursauter Joseph.

Robert lui lança un regard suspicieux.

— Quelque chose ne va pas, Joseph ?

— Non, pas du tout, s'empressa-t-il de répondre. Tu as raison. Je travaille trop. Cela fait deux nuits que je dors mal. Et je néglige Anne. Je vais changer, c'est promis. Mais pour le moment, je dois m'habiller. Je te retrouve dans la salle du petit déjeuner.

Il s'engouffra dans sa chambre et ferma la porte,

avant que la conversation ne prenne un tour encore plus étrange.

Il était prêt à changer, ne fût-ce que pour éviter une nouvelle nuit comme celle qu'il venait de vivre.

Cependant, avec le peu d'indications que lui avaient données ces fantômes, il ne savait pas en quoi devait consister ce changement.

Chapitre 6

— Ce sera tout, Miss Lampett ?

Barbara vérifia soigneusement la liste qu'elle avait établie pour compléter ses emplettes de Noël.

Une pelote de laine pour terminer les chaussettes bien chaudes qu'elle tricotait pour son père, et quelques mètres de ruban de dentelle pour sa mère.

— Je ne vois rien d'autre, répondit-elle.

— Voulez-vous que je le fasse livrer, miss ? demanda la vendeuse.

Il restait encore de la place dans son panier au-dessus de ses achats d'épicerie : trois oranges, une pour chacun d'eux, et une livre de froment pour la pâtisserie favorite de son père. Le rôti acheté chez le boucher se trouvait tout au fond, emballé dans du papier brun, afin de ne pas gâcher le reste.

La pièce de viande était moins grosse qu'elle ne l'aurait voulu, mais la nourriture se faisait rare en ces temps de guerre. Noël serait spartiate pour beaucoup de familles, et elle pouvait s'estimer heureuse que son père ait assez d'argent pour acheter des victuailles.

Barbara compta ses dernières pièces, et calcula combien elle devrait donner au livreur.

— Non, merci. C'est une belle journée, et je n'ai pas loin à aller. Je vais le porter moi-même.

La vendeuse lui adressa un regard dubitatif, fit soigneusement le paquet, et le plaça au-dessus des autres.

Barbara souleva le panier du comptoir, et constata qu'il était beaucoup plus lourd à présent. Dans un kilomètre, cela pèserait comme du plomb au bout de son bras.

Elle adressa cependant un sourire de remerciement à la vendeuse, et fit demi-tour, prête à sortir.

— Permettez-moi, Miss Lampett.

Comme sorti de nulle part, Joseph Stratford se trouvait à côté d'elle, aussi soudainement qu'il était apparu devant la filature, deux jours auparavant.

Saisissant la poignée, il lui prit son panier, sans attendre qu'elle le lui tende.

— Ce ne sera pas nécessaire, dit-elle en essayant de ne pas paraître essoufflée, après le choc que lui avait causé ce soudain contact.

C'était étrange de le voir au village, faisant ses courses parmi les paysans au beau milieu de la journée. Mais c'était encore plus déconcertant de l'avoir ici, à côté d'elle, après l'intimité de la veille.

— Peut-être pensez-vous que ce n'est pas nécessaire, dit-il. Mais je ne supporterai pas de vous voir ployer sous cette charge. Vous feriez mieux d'accepter mon aide.

— Je préférerais ne pas le faire.

— Mais, je ne pourrai pas trouver le sommeil en sachant que j'ai laissé une lady porter une telle charge.

Il lui sourit d'une façon qui aurait pu paraître charmante si elle n'avait pas su de qui cela venait.

— D'ailleurs, je dors déjà à peine, murmura-t-il, presque pour lui-même.

Le charme s'évanouit, et elle découvrit sous ses yeux des cernes qui n'y étaient pas deux jours plus tôt. Peut-être les actions de son père l'affectaient-elles, finalement.

Tentée de le plaindre, elle se rappela qu'il méritait les tourments qu'il ressentait, et lui adressa en retour un sourire forcé.

— Le ciel vous préserve de manquer de repos, monsieur.

Elle tendit la main vers son panier, mais il le mit hors de sa portée.

— Venez. Je vous raccompagne en calèche.

— La distance est courte, protesta-t-elle.

— Le temps est en train de changer. Il risque de pleuvoir. Venez avec moi, et vous serez à l'abri et au chaud.

— Ma réputation…

— Restera intacte.

Terminant la phrase à sa place, il regarda les personnes autour d'eux pour en avoir la confirmation.

— Je ne vous veux aucun mal. J'ai l'intention

de vous conduire directement chez vous. C'est sur mon chemin.

À nouveau, il regarda autour de lui, intimidant de son regard sévère la vendeuse et les autres clients.

— Personne ne colportera de ragots si j'essaie de vous rendre service. Tout le monde voit bien que vous résistez, mais que je ne vous laisse pas le choix. Venez, Miss Lampett.

Puis il ouvrit la marche, et elle n'eut d'autre choix que de le suivre.

Comme Joseph et Barbara approchaient de la calèche, le cocher s'empressa de sauter du poste de conduite, d'abaisser l'escabeau, et de tenir la portière ouverte.

Lorsqu'ils furent installés face à face, Joseph Stratford prit ses aises sur la banquette et sourit d'un air satisfait.

— Comme vous le voyez, vous êtes parfaitement en sécurité, et visible par les passants, tandis que je me trouve décemment hors de portée. Il n'y aura pas d'incident, comme la dernière fois où nous nous sommes retrouvés seuls.

— Je n'en doute pas, Mr Stratford. J'en mourrais avant.

Son attitude guindée le fit rire.

— Vous êtes une petite ingrate, Miss Lampett. Un simple baiser ne vous a causé aucun tort. Et, si vous vous rappelez l'altercation devant la filature, il y a deux jours, vous devez admettre que j'ai fait preuve d'attentions à votre égard. Si j'étais aussi monstrueux que vous le prétendez, j'aurais laissé la foule vous piétiner.

— Vous n'auriez jamais fait cela ! protesta-t-elle.

Il parut surpris.

— Vous me croyez donc capable d'un minimum de compassion. Merci infiniment.

Le silence qui suivit permit à Barbara de réaliser combien elle était injuste envers lui, même si elle n'appréciait pas particulièrement cet homme.

— Je ne mérite pas de remerciements, Mr Stratford. C'est moi qui vous les dois. Au moins pour ce jour-là. J'ai parfaitement conscience que vous m'avez épargné d'être grièvement blessée.

— Je vous en prie.

Il semblait presque embarrassé qu'elle eût noté la dette qu'elle avait envers lui.

— Mais à présent, reprit-elle, vous m'offrez de me raccompagner, alors que je ne le souhaite pas. Après ce qui s'est passé hier…

— Me niez-vous donc toute capacité d'empathie ? demanda-t-il avec un sourire.

Il lui glissa un regard en coin, avant de tourner les yeux vers la vitre.

— Il est possible que je me souvienne ce qu'il en est de compter chaque penny, et de se passer de petits luxes tels que celui de se faire livrer ses courses.

Barbara fut surprise qu'il ait deviné la raison

pour laquelle elle avait décidé de porter elle-même son panier.

— Dans ce cas, je vous présente également mes excuses pour le commentaire que j'ai fait lors de notre dernière conversation, lorsque je vous accusais de manquer de compassion pour ceux qui sont dans le besoin.

Il se rembrunit.

— Vous aviez en partie raison. J'avais l'intention, une fois que je me serais sorti de cette situation, de me souvenir de mon passé…

Il soupira tandis que son regard se perdait dans le vide.

— Je me suis fait la promesse d'aider ceux qui, comme moi, connaissaient la pauvreté. Mais il faut croire que j'ai oublié.

— Ne croyez pas que vous allez pouvoir faire de ma famille un objet de pitié, pour soulager votre conscience. Si vous souhaitez faire acte de charité, il y a d'autres personnes qui en ont davantage besoin.

À son tour, elle tourna la tête vers la vitre, et regarda défiler le paysage.

Elle se sentait mal à l'aise d'avoir parlé ainsi, car c'était très ingrat. Il semblait capable d'éveiller en elle la pire des mauvaises humeurs avec le plus anodin des commentaires.

Mais il pouvait aussi faire naître en elle d'autres sensations.

Ses joues s'empourprèrent tandis qu'elle songeait à nouveau au baiser qu'ils avaient échangé.

Lorsqu'elle avait accepté que Mr Stratford la raccompagne, n'avait-elle pas secrètement espéré qu'il tente une nouvelle approche ?

Était-ce la déception qui provoquait à présent sa colère ?

Elle avait été vraiment stupide de penser que son offre était autre chose que de la simple courtoisie. Elle ne signifiait rien pour lui. Pas plus que ce baiser.

— Ce n'est pas faire la charité que d'offrir à une personne de la raccompagner par un jour froid et pluvieux, dit-il gentiment. Je suis certain que vous auriez accepté sans hésiter si la proposition était venue d'Anne Clairemont ou de sa mère.

— Cela ne se serait jamais produit.

— Pourquoi cela ? Vous étiez amie avec les filles Clairemont quand vous étiez petite, n'est-ce pas ?

Barbara se tourna brusquement vers lui.

— Qui vous a dit cela ?

Il parut décontenancé.

— Eh bien, vous l'avez mentionné quand nous roulions vers la maison, hier.

— J'ai dit que j'avais une amie qui vivait au manoir de Clairemont. Mais vous venez de dire « les filles ». Je n'ai pas parlé de Mary.

— Alors, c'est Anne qui a dû me le dire. Mary était bien sa sœur, non ?

Il était fort peu probable qu'Anne ait mentionné Mary.

D'ailleurs, il y avait quelque chose de calculé dans la façon dont parlait Mr Stratford, et Barbara soupçonnait qu'il cherche des informations et reconstitue peu à peu la vérité grâce aux détails qu'elle lui livrait.

— Cela fait longtemps que Mary n'est plus de ce monde, dit-elle en espérant que cela mettrait un terme à la conversation.

— Que lui est-il arrivé ?

— Sa mort n'a rien de mystérieux. Elle est tombée malade et s'est consumée à petit feu. Si vous voulez en savoir davantage, il vous suffit d'interroger votre fiancée, Miss Clairemont.

— Nous ne sommes pas fiancés. Je n'ai pas encore fait ma demande.

— Mais vous la ferez. Tout le village sait que les festivités que vous avez organisées sont un prétexte pour célébrer votre engagement vis-à-vis d'elle.

— Tout le monde le sait ? répéta-t-il à mi-voix, comme s'il se parlait à lui-même. Je m'étonne que des inconnus aient des certitudes à propos de projets que je n'ai pas encore moi-même véritablement arrêtés.

Était-ce donc faux ?

Anne semblait pourtant persuadée qu'il allait l'épouser. Ce serait fort embarrassant pour Barbara s'ils s'étaient mépris sur les intentions de l'industriel, et l'avaient laissé se servir d'eux pour faire prospérer ses affaires.

— Je suis désolée. Je me suis sans doute trompée.

— C'est fort possible, en effet.

Mr Stratford la regardait à présent intensément, comme s'il cherchait à deviner son opinion sur le sujet.

Barbara se rappela qu'elle n'en avait aucune. Ce que faisait l'industriel ne la regardait pas.

Tout au plus pouvait-elle s'autoriser un léger soulagement. Lorsqu'il l'avait embrassée, il n'avait pas encore pris la décision d'épouser Anne. Il était donc parfaitement libre. Le contraire eût été terriblement indécent, et elle se serait faite la complice d'un parjure.

Quoi qu'il en soit, elle ne voulait pas causer de peine à la famille Clairemont à nouveau, en paraissant trop intéressée par Mr Stratford. Pas plus qu'elle ne souhaitait l'encourager à s'intéresser à elle.

Mais ses yeux, quand elle les voyait ainsi de près, possédaient cette orageuse couleur de gris qui présageait un violent changement de temps. À présent qu'elle l'avait remarqué, il lui était difficile de regarder ailleurs.

Il rompit le contact de leurs regards.

— Et cependant, reprit-il, vous n'avez peut-être pas fait erreur à propos de mes fiançailles. La question s'est en effet posée. Mais je n'ai pas encore pris de décision concernant mon avenir et celui de Miss Anne Clairemont.

Barbara baissa les yeux vers ses pieds, embarrassée de s'être imaginé que l'intérêt que lui portait Mr Stratford pouvait être autre chose que de la simple courtoisie.

— Quoi qu'il en soit, dit-elle d'un ton pincé, je trouve grossier de votre part d'en discuter avec moi. Ce que vous faites ne me regarde aucunement, et vous pouvez épouser qui vous voulez.

— C'est une bonne chose de le savoir. Encore que je n'aie jamais eu l'intention de solliciter votre approbation.

Sa réplique était plus amusée que critique, et faite avec un sourire étrangement séducteur.

— Mais, pourquoi dites-vous que les Clairemont ne vous raccompagneraient pas en calèche si vous en aviez besoin ? Ils semblent pourtant charmants, d'après ce que je sais d'eux.

Peut-être avaient-ils changé avec le temps…

Barbara ignorait quel état d'esprit régnait à présent dans la famille Clairemont. Mais elle ne voulait pas prendre le risque d'interroger Anne, de crainte de réveiller de vieilles blessures.

Elle adressa un sourire déterminé à Mr Stratford.

— Il s'agit d'une vieille querelle familiale sans importance. Je préfère éviter de les déranger si ce n'est pas absolument nécessaire.

— J'aimerais néanmoins connaître l'histoire.

— Vous ne l'entendrez pas de ma bouche,

dit-elle en se tortillant nerveusement sur son siège. Vous êtes nouveau à Fiddleton, Mr Stratford, et vous ne connaissez peut-être pas les manières des petits villages.

— Éclairez-moi.

— Eh bien… Quand on côtoie les mêmes gens depuis sa naissance, il arrive parfois qu'une personne commette une erreur qui ne peut pas être corrigée, et qui la suit jusqu'à sa tombe.

— Faites-vous allusion aux Clairemont ? Quelle erreur avez-vous donc pu commettre pour vous rendre imparfaite aux yeux des villageois ? Moi, je ne vois qu'une charmante jeune femme, pourvue d'excellentes manières…

Il eut un sourire narquois.

— Encore que ce ne soit pas toujours le cas envers moi.

— Vous ne le méritez pas toujours, monsieur.

— C'est exact. Mais, vous êtes attentionnée, modeste, dévouée à votre famille… et ravissante, de surcroît.

— Mais trop âgée pour ne pas être encore mariée, termina-t-elle, certaine qu'il devait le penser. Cela m'a déjà été reproché, et j'ai appris à l'accepter.

— Dans ce cas, nous sommes deux à essuyer les critiques. Quoique je sois le pire des deux. Je viens seulement d'arriver, et je me suis déjà fait universellement détester. Mais, cela ne m'inquiète aucunement. Je me soucie comme d'une guigne de l'opinion des gens du crù.

Il observa Barbara de la tête aux pieds.

— S'ils vous déconsidèrent pour quelque stupide raison, je ne peux guère accorder de crédibilité à leur opinion.

Entre le baiser qu'ils avaient partagé et le regard qu'il lui adressait à présent, Barbara comprit que Mr Stratford se trompait du tout au tout sur la raison de son bannissement.

Sans doute pensait-il qu'il y avait un homme derrière cela.

Mais le voyage arrivait à son terme, et il ne s'était pas montré insultant. Elle jugea donc qu'il n'était pas nécessaire de rétablir la vérité.

Tant qu'ils ne se retrouveraient pas à nouveau seuls, il ne lui causerait aucun souci.

Mais le peu de cas qu'il faisait de sa propre réputation l'ennuyait.

— Peut-être devriez-vous vous soucier de ce que pensent les gens. Il y a pire que l'ostracisme social, vous savez. Des propriétaires de filature ont été agressés à leur domicile, ou sur le trajet entre celui-ci et leur fabrique.

— C'est pour cette raison que j'ai toujours mon pistolet sur moi.

Il tapota le renflement de sa poche pour appuyer ses dires.

— Avez-vous réellement l'intention de vous en servir ?

— Mettriez-vous en doute mon courage ?

— Je ne doute pas de votre témérité. Mais il n'y a qu'une balle dans votre pistolet. Si vous êtes attaqué, ce sera par toute une bande.

— Dans ce cas, je serai contraint de faire appel à la garnison pour me porter secours, dit-il d'un ton qui indiquait que le sujet était clos. Je ne cherche pas la violence, Miss Lampett. Mais, si je me sens menacé, je n'hésiterai pas à y avoir recours. Soyez-en persuadée.

Elle imagina les conséquences possibles avec le cœur serré.

— Étant donné que la violence que vous décrivez est susceptible d'être déployée contre mon père, je crois que nous n'avons plus rien à nous dire. Il est heureux que nous soyons arrivés chez moi.

Mr Stratford regarda par la vitre.

— En effet, nous sommes arrivés à destination.

Il se tourna et tapa contre la cloison, pour attirer l'attention du cocher.

— Faites à nouveau le tour de la grand-rue, Benjamin. La jeune lady et moi n'avons pas terminé notre conversation.

— Je viens de dire précisément le contraire, protesta Barbara.

Elle tendit la main vers la poignée de la portière, mais retomba sur la banquette tandis que la calèche tournait.

— C'est très cavalier de votre part, Mr Stratford !

— Me connaissant, vous ne devriez pas en attendre moins de ma part, Miss Lampett.

Il souriait aimablement, comme s'ils ne faisaient rien d'autre que discuter de la pluie et du beau temps, tout en prenant le thé.

— Le sujet que nous avons abordé est très sérieux, reprit-il. Je crois avoir déjà trouvé une solution acceptable, mais cela requiert votre coopération, ainsi qu'un peu plus de temps pour en discuter en privé.

Ce qui expliquait ce tour de calèche supplémentaire, supposa Barbara.

Elle aurait dû être soulagée que Mr Stratford n'ait pas d'autres motivations à rechercher sa compagnie. Mais, étrangement, elle ne l'était pas.

— Très bien, donc. Parlons.

— Comme vous l'avez dit, les nouvelles voyagent vite dans les petits villages. Vous avez donc connaissance de mes projets pour les festivités de Noël ?

— Vous avez fait venir des invités de Londres. Les seules personnes du village sont les Clairemont. S'il ne s'agit pas de fiançailles, je soupçonne que ce rassemblement est lié à l'ouverture de la filature.

— Pourquoi pensez-vous cela ? demanda-t-il, surpris.

— Vous connaissant désormais un peu, Mr Stratford, il semble peu probable que ces personnes soient de vieilles connaissances.

— Ah…

Loin de se sentir insulté, Mr Stratford parut amusé.

Elle poursuivit.

— Tout ce que vous faites est en rapport avec vos affaires, d'une façon ou d'une autre. Cette fête de Noël ne peut déroger à la règle.

Puis elle s'autorisa à laisser paraître son sentiment de dégoût.

— Il est d'une vulgarité extrême d'utiliser la naissance du Seigneur pour faire du commerce, si c'est ce que vous avez en tête.

— Que vous ayez atteint cette conclusion en vous appuyant sur les ragots des villageois, ou que ce soit le fruit de votre déduction personnelle, vous avez raison, Miss Lampett. J'ai fait venir des investisseurs de Londres.

Il grimaça légèrement.

— Car il semblerait que je ne pense à rien d'autre qu'aux affaires.

Il s'interrompit un moment, comme s'il avait oublié ce qu'il avait l'intention de dire.

— Je n'ai pas autant d'invités que je l'espérais. J'ai encore reçu des réponses négatives au courrier d'aujourd'hui.

— Probablement de la part de gentlemen qui en comprennent l'inconvenance.

Mr Stratford haussa les épaules.

— Ou peut-être ne veulent-ils pas fréquenter un commerçant, même si celui-ci leur offre la possibilité de le faire loin des yeux inquisiteurs de la bonne société.

Il balaya cette éventualité d'un revers de main.

— Mais, c'est sans importance. Comme vous l'avez souligné, ce ne sont pas mes amis. Et il me suffit d'un seul investisseur pour que ce Noël soit heureux.

Apparemment, songea Barbara, son père avait bien jugé cet homme si c'était à cela qu'il mesurait le bonheur.

— Ce serait davantage source de joie pour tout le monde si vous faisiez le choix de prendre du temps pour rencontrer vos voisins, monsieur. Par ailleurs, je doute que les Clairemont soient ravis de voir leur maison transformée en annexe de la Bourse de Londres.

— Ce n'est plus leur maison, Miss Lampett. C'est la mienne, et j'y fais ce que je veux.

— Sans doute. Mais je ne vois pas pourquoi vous souhaitez me parler de ce sujet. Cela ne me concerne pas.

— Au contraire. J'ai appris que les villageois se rassemblaient traditionnellement à la maison pour Noël. Vous en faisiez partie, ainsi que Miss Anne Clairemont et sa sœur.

— Mais cela remonte à des années. Cela n'a plus cours depuis…

Depuis la mort de Mary, et la décision des Clairemont de ne plus fêter Noël. Mais les circonstances ne regardaient pas Mr Stratford.

— Votre famille et vous me feriez un grand honneur en étant présents cette année, dit-il. Je manque de ladies, et je connais quelques jeunes gentlemen qui seraient ravis de danser avec vous.

— Vous espérez que je divertisse vos invités ? C'est d'une grossièreté sans limite, monsieur.

— Vous vous méprenez. Vous ne serez nullement obligée de danser si vous ne le souhaitez pas. Cependant, si vous faisiez une rencontre, et développiez un attachement, cela résoudrait fort joliment le problème de votre célibat.

— Ce n'est pas un problème !

— Vraiment ? J'imagine néanmoins que, entre les troubles mentaux de votre père et votre problème avec la société locale, il doit être difficile pour vous d'être tenue à l'écart des personnes de votre rang.

Ça l'était en effet.

Bien qu'elle fît un effort pour la contrôler, une vive aspiration s'éleva en elle à la pensée d'enfiler sa plus belle robe et de danser.

— Je n'ai pas besoin de votre aide, protesta-t-elle d'un ton pincé. Je suis très bien toute seule.

— C'est ce que vous ne cessez de répéter. Mais moi, j'ai besoin de votre aide, Miss Lampett, dit-il, les mains ouvertes devant lui. Mes négociations, qu'elles soient déplacées ou non, se trouvent à un stade délicat. Je ne veux pas prendre le risque que votre père se lance dans un discours haineux devant mes investisseurs.

— Dans ce cas, je pense que vous préférerez nous savoir tranquillement chez nous plutôt qu'en train de danser au manoir.

— Au contraire. J'ai vu comment votre père se comporte avec vous. Lorsqu'il s'inquiète de votre bien-être, toute idée de violence s'envole de son esprit. Si vous lui dites que vous souhaitez venir à ma réception, il ne fera rien qui puisse gâcher votre joie.

— Je ne suis pas certaine qu'il parvienne à rester calme toute une soirée en compagnie d'inconnus.

— Dans ce cas, je pourrais lui faire envoyer une sélection de mes livres favoris. Ça devrait l'occuper pour la semaine.

— Vos livres favoris ? répéta Barbara, sans masquer sa surprise. Vous m'aviez pourtant laissé entendre que vous n'aviez pas le temps de lire.

— Plus maintenant, peut-être. Mais cela fait déjà bien longtemps que j'ai lu la plupart des livres qui se trouvent dans la bibliothèque du manoir de Clairemont. Au cours de l'année, lorsque la filature aura trouvé son rythme de croisière, j'espère avoir quelques soirées pour moi, et me remettre à lire.

Songeant aux élèves récalcitrants de son père, et se demandant si elle ne l'avait pas mal jugé, Barbara remarqua :

— Vous avez dit que vous étiez le fils d'un tisserand…

— Mais je n'ai jamais dit que j'étais doué pour le travail manuel. En réalité, j'étais un tisserand épouvantable. J'étais plus intéressé par les livres que par le métier à tisser. Quand mon père m'a autorisé à aller à l'école, j'ai engrangé toutes les connaissances possibles.

Il eut un sourire amer.

— Je crains de l'avoir déçu.

— Mais pourquoi êtes-vous resté dans le commerce ? Il ne devait sûrement pas manquer d'autres occupations plus à votre goût.

— La vie dont je rêvais m'était interdite, car je ne suis pas né gentleman, Miss Lampett. En dépit de mon absence de compétence en ce domaine, j'étais destiné à tisser. J'ai donc redessiné le métier, afin de le rendre plus facile à manipuler pour mes doigts malhabiles. Les machines qui seront utilisées à la fabrique sont de mon invention.

Barbara s'était imaginé qu'il avait acheté les machines sans savoir comment elles fonctionnaient. Mais il y avait un réel enthousiasme dans sa voix, et une certaine fierté, quand il parlait de ses métiers à tisser.

— C'est sans doute pour cela que la destruction de votre matériel vous affecte autant. Cela doit être difficile de voir détruit ce que vous avez créé.

Il haussa les épaules.

— Pas vraiment. Avant de m'installer ici, mon travail consistait essentiellement à fournir d'autres filatures. Lorsque leurs métiers étaient endommagés par des vandales, je gagnais encore plus d'argent à réparer ou à remplacer leurs équipements.

Il eut un petit rire.

— N'est-il pas ironique que des hommes comme votre père et ses amis fassent ma fortune, alors que leur but initial est de me ruiner ?

Barbara fut étonnée de constater à quel point Mr Stratford était éloigné des personnes qui l'entouraient.

— Vous considérez l'infortune des autres comme la source de votre réussite ?

— C'est ainsi. Mais, assez parlé de moi et de mes affaires. Dites-moi plutôt quelle est votre réponse à ma proposition.

Barbara se fit un devoir de lui rappeler les règles du savoir-vivre.

— Il serait terriblement inconvenant pour une lady qui n'est pas mariée d'accepter l'invitation d'un gentleman qu'elle connaît à peine.

— C'est exact. Veuillez accepter mes excuses.

Il réfléchit un court instant.

— Je vais envoyer une invitation écrite à votre père, pour convier toute votre famille à participer aux festivités. Rien ne sera de nature à perturber votre père, je peux vous l'assurer. Il y aura des repas, des danses, des jeux… Je pense que ce sera fort divertissant.

— Mais…

Il ne la laissa pas finir.

— Si vos parents ne souhaitent pas venir, vous pourrez accompagner Miss Anne Clairemont et sa famille.

Il lui adressa un regard déterminé, afin de faire taire toute protestation.

— Cela n'occasionnera aucune difficulté. Les portes de *ma* maison vous sont ouvertes.

Barbara remarqua qu'il avait légèrement appuyé sur le possessif, afin de lui rappeler que les choses avaient changé.

Présenterait-il la situation aux Clairemont d'une façon aussi brutale ?

À cette pensée, elle eut presque pitié d'eux. Mais, quoi que fasse Mr Stratford, ce ne serait plus comme autrefois. Les festivités ne profiteraient pas aux villageois.

— Non merci, dit-elle. Cela ne semble guère convenable de festoyer alors que tant de personnes sont malheureuses.

Ils étaient de nouveau arrivés devant la porte du cottage, et elle lança un regard impatient vers la maison de ses parents.

— Comme c'est pieux de votre part, ironisa Mr Stratford.

Il avait également remarqué leur arrivée à destination, et tapa de nouveau contre la paroi, pour donner un signal au cocher.

— Faisons un nouveau tour de la grand-rue, voulez-vous ?

— Avez-vous l'intention de me garder prisonnière dans cette calèche jusqu'à ce que j'accède à vos exigences ?

Il leva les mains en un geste symbolique de renonciation.

— J'avoue que cette pensée m'a traversé l'esprit. Mais je vais vous laisser rentrer chez vous pour réfléchir. Peut-être verrez-vous dans ma proposition un moyen d'apaiser nos différends.

— J'en doute fort, protesta Barbara.

Joseph haussa les épaules.

— Quoi qu'il en soit, la filature ouvrira en janvier. Le monde change, et vous ne pourrez pas l'éviter. Lorsque certains des villageois y seront employés, nous les découvrirons moins enclins à s'attaquer à moi. En attendant, nous devons trouver ensemble un moyen d'empêcher votre père de nuire à mes projets. Sinon…

Il laissa passer un silence, où planait une menace perceptible.

— Je me verrai contraint de prendre des dispositions qui ne seront agréables ni à vous, ni à moi.

La calèche s'arrêta et, quand la portière s'ouvrit, il sortit le premier et lui offrit sa main pour l'aider à descendre.

Puis il chargea le cocher de porter le panier jusqu'à la maison, et retourna s'asseoir, en fermant derrière lui la portière laquée de noir.

Chapitre 7

Lorsqu'elle eut franchi la porte du cottage, Barbara vit son père qui l'attendait dans le petit salon, les bras croisés.

Aujourd'hui, elle ne redoutait pas tant une de ses crises que le poids incommensurable de son mécontentement.

— Eh bien ?

Il y avait tellement de déception dans ces deux mots que Barbara lança un regard derrière elle, par la porte restée ouverte, et ressentit une pointe de culpabilité en voyant la calèche s'éloigner.

Par facilité, ou par paresse, elle avait accepté de se faire raccompagner, mais le poids de son panier chargé de victuailles n'aurait pas pesé aussi lourd que la réprobation paternelle.

Redressant les épaules, elle expliqua :

— Mr Stratford a proposé de me raccompagner parce que le temps changeait. Il s'est montré insistant, et il m'a semblé que je provoquerais davantage de scandale en refusant qu'en acceptant. Alors, j'ai fini par céder.

— Tu aurais pu envoyer quelqu'un du village m'informer de la situation, et je serais venu te chercher.

Le ton de son père se fit plus suspicieux.

— Par ailleurs, je me demande comment il se fait qu'une voiture tirée par deux chevaux ait mis autant de temps à effectuer un si court trajet.

Barbara s'éclaircit la gorge.

— Mr Stratford était en pleine discussion avec moi quand nous sommes arrivés aux abords de la maison. Afin de la poursuivre, il a demandé au cocher de faire demi-tour, et nous avons refait un tour du village.

— Il s'agit donc d'une promenade mondaine.

Bernard Lampett secoua la tête.

— Voici bien une démonstration de la perfidie de cet homme. C'est un peu comme cette filature, offerte aux villageois comme une branche d'olivier, mais que l'on fait disparaître quand ils s'en approchent. Il t'a ravie comme il a ravi leurs emplois, il t'exhibe comme un trophée, et joue avec toi à sa guise.

— Absolument pas, père. Nous avons parlé un moment. La calèche n'a jamais quitté la grand-rue, et j'étais visible par la vitre. Je suis certaine que de nombreuses personnes m'ont vue, et ont pu constater qu'il ne se passait rien d'indécent.

Cette précision ne parut avoir aucun effet sur son père, dont la colère enfla de plus belle.

— Cet homme est le diable en personne, ma

petite fille. Tu peux me croire. Il est venu pour détruire le village et ses habitants, avec ses nouvelles idées et sa marchandise à bas prix. Rien de bon ne peut advenir en abaissant la qualité du travail, j'en suis certain. C'est s'engager sur la route de l'enfer même.

— Et cela n'a aucun rapport avec le sujet dont il est question, ajouta fermement sa mère, qui se tenait jusqu'à présent en retrait dans le dos de son mari.

Toisant sévèrement Barbara, elle ajouta :

— Tu dis que tu es restée en vue tout le temps ? La calèche n'a pas emprunté de chemins de traverse ?

— Pas du tout, maman.

— Tu aurais pu te hâter de rentrer avant que le temps ne change.

— Je ne voulais pas dépenser le penny destiné au garçon de courses, mais le panier était lourd, et Mr Stratford refusait d'écouter mes dénégations.

Sa mère hocha la tête.

— L'offre de transport était la moindre des courtoisies entre voisins, même s'il y avait sans doute une arrière-pensée de la part de Mr Stratford. De quoi avez-vous parlé ?

— De ses affaires.

Et aussi de Mary, mais Barbara jugea plus prudent de ne pas l'évoquer.

— Dans ce cas, cela n'avait rien à voir avec toi ? voulut savoir sa mère.

Son père ne lui laissa pas le temps de répondre.

— Je m'en doutais ! C'est une manigance pour te retourner contre moi et nous mettre tout le village à dos.

Il insista encore :

— C'est le diable ! te dis-je.

— Cela suffit ! s'exclama sa mère. Nous devons d'abord nous préoccuper du sujet le plus important : l'honneur de notre unique fille, qui n'a, ce me semble, aucunement été entaché.

— Il nous a invités au manoir pour Noël, expliqua Barbara. Il a suggéré qu'il pourrait y avoir des gentlemen qui souhaiteraient danser avec moi.

Elle s'efforçait de paraître indifférente, ne voulant pas laisser entendre qu'elle désirait faire la connaissance de gentlemen.

En réalité, il n'y en avait qu'un seul qui l'intéressait, mais son père avait probablement raison de le juger diabolique.

Et cependant, cela faisait longtemps qu'elle n'avait pas dansé…

— Un bal au manoir ? Il est évident que tu dois y aller.

Le soudain changement d'humeur de son père les prit au dépourvu, comme c'était fréquemment le cas.

Sa colère à présent oubliée, Bernard Lampett souriait gentiment à sa fille.

— Tu n'es pas retournée au manoir de Clairemont depuis Noël de l'année dernière. Cela te fera beaucoup de bien de rendre visite à Anne et Mary.

Barbara échangea un regard inquiet avec sa mère.

— Père, vous savez bien que Mary est décédée. Les Clairemont ne vivent plus au manoir, et cela fait six ans qu'il n'y a plus eu là-bas de célébrations de Noël.

— Je le sais, naturellement, dit Bernard Lampett. Je voulais simplement dire qu'il serait préférable pour toi que tu te divertisses au manoir, plutôt que de t'afficher en calèche avec Lucifer vêtu d'une redingote de soie.

Il s'assombrit de nouveau.

— Une redingote fabriquée par des ouvriers réduits à la misère, pour que Lucifer puisse se donner de grands airs et vivre comme un prince.

Les yeux de Bernard Lampett s'illuminèrent au son de sa propre voix.

— Je dois écrire ceci. Ce sera la base de mon prochain discours.

— Faites donc, père.

Barbara se hâta vers un petit bureau installé dans un angle, prépara des feuilles, et ouvrit le flacon d'encre. Puis elle tira la chaise, et prit le temps d'aider son père à prendre place.

Aussitôt installé, ce dernier se mit à écrire frénétiquement.

— Viens dans la cuisine, Barbara, et montre-moi ce que tu as rapporté du marché.

Sa mère se tourna rapidement, mais Barbara eut le temps de voir sa lèvre inférieure trembler, ce qui était annonciateur de larmes.

— Donnez-moi un moment, mère.

Elle courut vers la boîte à couture pour y dissimuler le cadeau destiné à sa mère. Puis elle la suivit jusqu'à la cuisine.

Lorsqu'elle la rejoignit, sa mère semblait s'être ressaisie, mais paraissait toujours inquiète.

— Qu'allons-nous faire, maman ? murmura-t-elle. Il est ainsi de plus en plus fréquemment.

— Nous ne pouvons hélas rien faire. Il est comme la marée, qui va d'un extrême à l'autre.

Si cela continuait ainsi, son père ne retrouverait jamais d'emploi, et ils vivraient jusqu'à la fin de leurs jours sur l'argent que sa mère avait reçu en héritage de ses parents, voyant leur train de vie s'amenuiser au fil des années.

Barbara songea aux quelques pièces qu'elle avait pu économiser en renonçant à se faire livrer, et fut reconnaissante à Mr Stratford de l'avoir raccompagnée.

Apparemment, sa mère songeait également à lui.

— Parle-moi de cette invitation que tu as reçue pour Noël.

— Je lui ai dit que c'était déplacé, car je pensais que père n'approuverait pas.

— Ton pauvre père oublie d'une minute à l'autre pourquoi il déteste cet homme. Nous lui dirons que tu es allée voir une amie. En effet, s'il y a des gentlemen…

Barbara comprit que sa mère voyait plus loin, rêvant d'un brillant avenir où un riche inconnu apparaîtrait avec une demande en mariage et résoudrait tous leurs problèmes.

— Mais j'ai refusé.

— Oh…

Devant la déception de sa mère, Barbara ajouta :

— Il a réitéré son offre, en incluant cette fois la famille. Quand je lui ai expliqué que père ne supporterait pas d'être confronté à une foule, il a proposé de lui offrir une sélection de livres, en guise de cadeau de Noël, de façon à l'occuper tandis qu'il resterait à la maison. Il a dit qu'il enverrait une demande écrite, afin que je ne doute pas de sa sincérité.

— Une invitation écrite à se rendre au manoir ?

Le visage de sa mère s'était illuminé à cette idée.

— Je doute qu'il s'en souvienne, s'empressa de dire Barbara. Je suis sûre qu'il a dit cela en passant, pour faire la conversation. C'était seulement un effort de politesse.

— Un effort des plus curieux, dans ce cas.

Sa mère la regardait avec attention, essayant de déterminer ce qu'elle pouvait bien cacher.

— Il n'en fait aucun à l'égard des villageois, et pourtant il te distingue. En outre, un gentleman ne ferait pas de promesses qu'il n'a pas l'intention de tenir.

— On ne peut guère le considérer comme un gentleman, mère. Il est dans le commerce. Et il m'a avoué être le fils d'un tisserand.

— Vraiment ?

Sa mère haussa les sourcils.

— Tu parles comme ton père, mon enfant. Nous ne pouvons plus aujourd'hui considérer qu'un commerçant nous est inférieur, et que la naissance fait tout. Le monde change. Il est possible d'être un gentleman et de ne pas avoir un sou vaillant, tandis que le fils d'un tisserand danse et dîne dans un manoir. Même si nous n'approuvons pas ces changements, nous devons nous en accommoder. Espérons qu'il tienne parole…

Et il se trouva que l'offre de Mr Stratford n'avait pas été faite à la légère.

Peu de temps après le retour au cottage de Barbara, et alors que son père parachevait sa diatribe, on frappa à la porte. Dehors, la même calèche qui l'avait déposée attendait un valet en livrée. Celui-ci était porteur d'une invitation dûment scellée, et d'une pile de livres.

Avant que son père ne puisse s'y opposer, sa mère s'empara prestement du tout, et demanda au valet d'attendre la réponse. Puis elle écarta les écrits de son mari, et plaça une feuille blanche sur le bureau.

— Comme toujours, Satan envoie ses suppôts pour soumettre à la tentation les innocents, aboya son père.

Passablement alarmé, le valet jeta un regard

derrière lui, sans comprendre qu'il était le suppôt en question.

— Sottises, mon cher. Il s'agit d'une invitation au manoir, rien de plus. Il n'y a certainement aucun mal à accepter.

— Eh bien, dans ce cas…

Son père afficha soudain un visage réjoui, et s'adressa au valet.

— Présentez mes respects à Lord Clairemont, à son épouse et à ses filles.

Puis il prit un des livres, partit s'installer dans son fauteuil, et sembla aussitôt oublier la source de sa mauvaise humeur.

Le valet eut un hochement de tête hésitant, et attendit que Mrs Lampett eût terminé d'écrire sa réponse, d'une écriture nerveuse et minuscule.

Restées seules, mère et fille retournèrent ensuite dans la cuisine.

— Nous ne pouvons pas y aller, protesta Barbara. Regardez père. Il est impossible de prétendre que tout est comme avant. Et nous ne pouvons pas savoir ce qu'il dira quand il se trouvera en face de Mr Stratford et de ses invités. Il aurait été préférable que nous refusions poliment et que nous restions ici.

— Ce qui serait préférable, c'est que ton père et moi restions en retrait. Mais il n'y a aucune raison que tu n'y ailles pas, répliqua sa mère d'un ton ferme.

Levant la main pour empêcher Barbara de protester, elle poursuivit :

— Si j'apprécie comme tout le monde les bals et les dîners, je suis tout aussi contente de rester ici avec ton père, et de te permettre de bénéficier de l'invitation. Il a dit qu'il y aurait des gentlemen, n'est-ce pas ?

— Des amis de Londres.

— Mr Stratford a l'intention d'épouser Anne. Ses parents seront là pour te chaperonner et te présenter. Je suis sûre que, si tu écris à Anne, elle te proposera une place dans leur calèche, afin que tu n'aies pas à te rendre à pied au manoir.

— C'est également ce que Mr Stratford a suggéré. Il a dit qu'il parlerait aux Clairemont. Mais, je ne crois pas qu'ils en seront enchantés. Peut-être y a-t-il un autre moyen ?

Cependant, Barbara n'en voyait aucun.

— Je vais écrire aux Clairemont, décida sa mère. Je choisirai mes mots avec soin. Peut-être serait-il temps, après six ans, que tu cesses de te blâmer à propos de quelque chose dont tu n'es pas responsable, et qu'ils puisent enfin dans leur cœur la force de te pardonner.

Hélas, contrairement à ce que pensait sa mère, le temps n'avait toujours pas fait son œuvre. Il lui avait suffi, pour se faire cette opinion, de croiser Lady Clairemont dans la rue ce matin, et de voir la façon dont cette dernière l'avait ignorée.

— Je vous en prie, mère, ne faites pas ça.

— Il n'y a pas d'autre solution. Il s'agit pour toi d'une opportunité exceptionnelle que tu ne peux décliner. S'il y avait d'autres hommes de qualité dans la région, j'y aurais peut-être réfléchi à deux fois. Mais, nous savons hélas que ce n'est pas le cas. Aussi, s'il existe ne fût-ce qu'une infime possibilité de te trouver un époux parmi les invités de Mr Stratford, nous ne devons pas la laisser passer.

Sa mère marqua une infime pause, avant de reprendre :

— Il te faudra te contenter d'une de tes vieilles robes, mais nous pourrons l'agrémenter avec la dentelle que tu as achetée ce matin. Je suis certaine que cela sera du plus bel effet.

— Mère !

Malgré tous ses efforts, sa mère avait réussi à voir ce que contenait le panier.

— C'était pour vous l'offrir en cadeau.

— J'en ai moins besoin que toi.

Avec douceur, sa mère posa la main sur son bras.

— Cela me ferait chaud au cœur de savoir que tu es de nouveau admise dans la bonne société. Je vais écrire cette lettre, puis nous nous occuperons de ta robe. Tu dois te rendre à cette invitation, Barbara, et danser comme si ton avenir en dépendait. Car cela pourrait fort bien être la vérité.

Chapitre 8

Cette nuit-là, Joseph se coucha avec la certitude que rien ne viendrait troubler son repos.

Il s'était admirablement comporté avec ses invités ; impressionnant les hommes grâce à ses projets pour la filature, et charmant les dames sans pour autant apparaître dépourvu de bonnes manières ou trop ordinaire.

Il avait patiné autour de l'étang avec Miss Anne Clairemont, sans trébucher ni la faire tomber. Puis il s'était rendu au village, avait trouvé Miss Lampett et lui avait fait part de son idée.

Si le fantôme, ou quel que soit le nom qu'il fallait lui donner, avait l'intention de lui faire prendre conscience du sort de cette pauvre jeune fille, Joseph estimait avoir fait de son mieux pour que Miss Lampett réintègre la société à laquelle elle était habituée.

Cependant, il ne comprenait pas en quoi il lui revenait de remédier à sa situation. Peut-être était-ce parce qu'il était celui qui possédait le plus de pouvoir pour le faire…

Lorsque sa future belle-mère avait protesté qu'elle ne saurait souffrir d'être vue en compagnie de « cette fille », il avait sèchement expliqué qu'il en serait ainsi car tel était son souhait.

Pendant un moment, il s'était demandé ce que Barbara avait pu faire pour subir un tel rejet, et en avait conclu que ce n'était rien de plus que l'usuelle déchéance sociale due à la fréquentation inappropriée d'un jeune homme ; peut-être même s'était-il agi d'un prétendant d'Anne.

Si tel était le cas, on pouvait dire que Miss Lampett avait largement fait amende honorable, après des années d'humilité, tant en comportement qu'en apparence vestimentaire.

Et c'était d'autant plus regrettable.

Si le baiser qu'ils avaient partagé permettait de juger la passion dont elle était capable, il aurait préféré la connaître avant qu'elle ne se réfugie dans la chasteté la plus extrême.

Il sourit, imaginant une Barbara moins vertueuse, et le genre d'activités qu'il aurait pu partager avec elle.

La pendule du hall sonna deux heures du matin.

— Oubliez ces pensées impures à l'égard de cette jeune personne, car votre travail est loin d'être terminé.

Joseph se redressa subitement dans son lit, au son de cette voix inconnue qui venait de s'élever tout au fond de la chambre.

Ce soir, il avait évité de boire du vin, et il avait

surpris son valet en réclamant un verre de lait tiède avant d'aller se coucher. À présent, il se demandait s'il n'aurait pas mieux valu éviter le lait et s'autoriser un double brandy, de façon à être certain de sombrer dans un sommeil profond et dénué de rêves.

— Qui êtes-vous ? Et qu'est-ce qui vous fait croire que vous pouvez lire dans mes pensées ?

— Vous êtes jeune et vigoureux, et si vous souriez en dormant, c'est que vous rêvez d'une jeune personne.

Le fantôme portait une tenue de cocher : redingote pourpre ornée de galons dorés et de boutons de cuir étincelants, pantalon couleur chamois, bottes noires à revers, et chapeau haut-de-forme noir.

— Quant à moi, vous pouvez m'appeler Tom. Cela fait tout juste un an que j'ai quitté cette vie. Si vous habitiez depuis longtemps dans la région, vous n'auriez pas eu à me demander mon nom. Tout le monde me connaît, ici. En tout cas, ceux qui ne sont pas si riches et haut placés qu'ils n'ont pas besoin des transports publics.

Joseph ricana.

— J'ai entendu parler de vous. Vous conduisiez en étant pris de boisson, et vous avez emmené vos passagers dans l'autre monde quand vous avez renversé le coche.

Il secoua la tête avec commisération.

— Je dois manquer d'idées pour être réduit

à peupler mes rêves de faits divers qui ne me concernent en aucune façon.

— Vous vous accordez trop de crédit, Mr Stratford. Même si vous vous croyez intelligent dans le domaine des machines, vous êtes plutôt benêt.

— Benêt, vraiment ?

Joseph bascula les jambes au-dessus du matelas, et s'assit face au fantôme.

Comment se faisait-il que son propre esprit se montre aussi malveillant et insultant ? Était-ce une forme de culpabilité qui s'exprimait ainsi ?

— Refuser de croire aux fantômes est le signe d'un esprit rationnel, et non pas limité, décréta-t-il. Car les fantômes n'existent pas.

— Si vous ne croyez pas aux fantômes, demanda le cocher, pourquoi dormez-vous tout habillé ?

— Parce que je me suis réveillé ce matin en tenue de nuit, au beau milieu du hall. Fantôme ou pas, cette situation ne se répétera pas.

Le cocher leva les yeux au ciel.

— Très bien. Vous n'avez pas l'esprit lent. Mais, à titre d'information, je n'étais pas ivre la nuit où j'ai eu mon accident. Il m'arrive parfois d'accepter un verre ; qui ne le ferait pas quand les nuits sont froides et humides ? Mais cette nuit-là, j'étais sobre comme un juge de paix, et je me hâtais pour rattraper le temps perdu. Une cliente avait tardé pour terminer son dîner, à l'auberge Cock and Bull, et nous avions dû l'attendre.

Il se pencha pour ajouter, d'un ton de conspirateur :

— Et elle n'arrête pas de se plaindre et de se lamenter à propos de l'heure, même maintenant qu'elle se trouve de l'autre côté.

Il soupira.

— Certaines personnes n'apprennent jamais, ainsi que vous le savez si bien.

Observant Joseph de la tête aux pieds, il eut une grimace entendue, comme si Joseph devait tirer un quelconque enseignement de ce commentaire.

Puis il reprit :

— J'étais donc en retard, et je poussais les chevaux aux limites de leurs forces, quand un lapin a jailli d'un buisson, juste devant eux. Le cheval de tête a pris peur et a échappé à mon contrôle. Voilà exactement ce qui s'est passé.

Joseph eut une petite moue ironique.

— C'est une histoire fort intéressante, vraiment. Mais il n'y a aucun moyen de le prouver. Je n'ai d'ailleurs pas la moindre envie d'essayer.

— Vous ne voudriez pas y croire, même si vous découvriez la vérité, répliqua Tom d'un air dégoûté. Vous êtes aussi froid que la glace, Mr Stratford.

— Vous n'êtes pas le premier à me le dire, répliqua Joseph avec amertume. Et pourtant, j'ai passé une partie de la journée à m'occuper des autres, sans me soucier d'en tirer ou non un profit personnel.

— Vraiment ?

Joseph se souvint de quelle façon il avait présenté son offre à Miss Lampett, dans le but que son père reste tranquillement chez lui, et préféra ne pas épiloguer.

— Après la visite de la nuit dernière, j'ai changé mes projets et invité Miss Barbara Lampett au manoir. C'est la preuve que j'ai appris quelque chose, et que la leçon de ce soir est inutile. Je fais un effort pour aider la fille de mon ennemi.

Il agita la main.

— Vous pouvez donc disparaître.

— Eh bien, merci, Votre Seigneurie, dit le cocher avec un signe de tête moqueur.

Aussitôt, il redevint sérieux.

— Mais, à titre d'information, c'est moi qui fixe le moment de mon départ, et pas vous. Avant que je puisse achever mon dernier voyage, j'ai été rappelé sur terre pour accomplir une mission, et j'ai l'intention de faire correctement ce travail. Lorsque je partirai d'ici, vous aurez été dûment éduqué.

Regardant autour de lui, le fantôme soupira.

— Je pensais qu'on m'aurait demandé de hanter une route ou un chemin, puisque c'est là où j'ai passé toute ma vie. Au lieu de quoi, on m'a envoyé dans cet endroit effrayant, plus froid que la lande en décembre.

Joseph fut agacé que son visiteur n'apprécie pas à sa juste valeur un style de vie qu'il avait mis des années à acquérir.

— C'est la plus belle maison des environs, et la plus confortable. Il y a du feu dans la cheminée, des bougies à profusion, du thé sur le réchaud, et du brandy dans les carafes. Mais peut-être voudriez-vous un châle, comme une vieille femme ?

Tom ricana.

— Comme si je pouvais profiter de ces plaisirs terrestres ! Mais je peux voir des choses qui vous sont invisibles. Un grand froid émane de vous, comme la brume s'élevant au-dessus d'une tourbière.

Il pointa un doigt vers Joseph et, en un instant, le cocher jovial disparut, laissant place à un esprit tourmenté porteur d'un message inquiétant.

Puis Tom retrouva son sourire.

— Mais j'ai été envoyé pour vous réchauffer un peu.

Il baissa la voix, comme s'il s'adressait à lui-même.

— Une tâche perdue d'avance, à mon avis, mais enfin…

Il reprit, d'un ton plus enjoué :

— Allez, venez. Je n'ai pas toute la nuit. Ce soir, vous allez m'accompagner et, si vous avez de la chance, vous apprendrez à voir le monde comme le font les autres gens. À défaut, vous comprendrez au moins ce que vous manquez, en ne levant jamais le nez de vos livres de comptes et en passant tout votre temps dans votre fabrique. Vous saurez ce que les gens pensent de vous. Cela devrait vous faire beaucoup de bien. Et maintenant, prenez ma main.

Le contact fut encore pire qu'avec Sir Cedric, la veille.

La main de Tom était large et rêche, calleuse à force de tenir les rênes. Mais le plus difficile à supporter était le froid qui en émanait. Dès que Joseph l'eut touchée, ses propres doigts s'engourdirent comme s'ils mouraient à leur tour.

— Le premier arrêt n'est pas très loin, lui assura le fantôme. Juste en dessous de vous, en fait.

Ils traversèrent alors le plancher et se retrouvèrent dans l'un des salons.

Alors qu'il pensait qu'Anne était rentrée chez elle avec ses parents, Joseph eut la surprise de la découvrir blottie dans un fauteuil près du feu, pleurant à chaudes larmes.

— Allons, allons, dit-il maladroitement en tendant la main vers elle pour la réconforter.

— Cela ne sert à rien, dit Tom. Tant que vous êtes avec moi, elle ne peut pas vous voir.

Derrière eux, la porte s'ouvrit et un homme entra, avec un air conspirateur.

Après avoir jeté un coup d'œil inquiet dans le couloir, comme pour s'assurer que personne ne pouvait le voir, il ferma la porte et s'approcha hâtivement de la jeune femme en pleurs.

Délicatement, il lui prit la main.

— Robert, c'est vous ?

Joseph eut la preuve qu'il était invisible, car

jamais il n'avait vu une telle expression sur le visage de son ami. Le regard dont il enveloppait Anne n'exprimait pas seulement de la sympathie pour ses malheurs. On pouvait y lire de la tendresse, de la frustration et… Joseph oserait-il formuler le mot ? De l'amour.

En le découvrant, Anne se mit à sangloter de plus belle.

— Parlez-lui, dit Robert. J'ai évoqué le sujet avec lui. Il ne rompra pas aussi tardivement par égard pour votre réputation. Si vous ne mettez pas un terme vous-même à cet engagement, c'est sans espoir. Quant à moi, je ne puis rien dire. La décision doit venir de vous. Vous devez être forte, Anne.

— Mais je ne l'ai jamais été, répondit-elle en gardant les yeux baissés. Si Mary était encore là, peut-être…

— Elle n'est plus de ce monde, Anne, même si personne ne peut se résoudre à l'admettre. Vous ne pouvez pas vous en remettre à elle. Votre avenir ne dépend que de vous.

Joseph leva un regard perplexe vers le fantôme du cocher.

— Que souhaite-t-elle ? Je suis prêt à le lui donner si je le peux. Je ne suis pas totalement dépourvu de cœur, vous savez.

— Je pense que vous pouvez deviner ce qu'elle veut, répondit Tom. Et pourquoi elle ne fait rien.

— Mais, je ne l'ai jamais contrainte à cette

union. Elle l'a acceptée. Et quel rôle Robert joue-t-il dans cette histoire ?

— Là encore, il me semble que c'est aisé à comprendre. Mais, vous n'avez rien à craindre. C'est un gentleman, n'est-ce pas ?

Joseph bougonna.

— C'est avant tout un homme. S'il veut Anne pour lui, pourquoi garde-t-il le silence ?

Le cocher éclata de rire.

— À vous écouter, tout est d'une simplicité enfantine. Je vous envie de vivre dans un monde où le doute n'existe pas, et où tout le monde dit ce qu'il pense. La femme qu'il aime en a choisi un autre et il s'est effacé, comme le font les vrais gentlemen.

— Mais il m'a cependant recommandé de prendre soin d'elle.

Joseph comprenait désormais mieux la conversation que Robert et lui avaient eue dans le couloir ce matin.

— Je ne peux ignorer le fait que nous avions un accord, s'entêta Joseph. Si elle ne trouve pas le courage de parler, nous devrons tous en prendre notre parti.

Mais à présent qu'il connaissait l'état d'esprit de sa future fiancée, il lui serait très difficile de prétendre à un respect qui n'existait aucunement.

— Est-ce tout ? demanda-t-il au fantôme.

Tom lui adressa un sourire crispé, qui contrastait avec son apparence joviale.

— C'est ce que vous croyez ? La liste de vos péchés est pourtant fort longue.

— Si vous le dites. Et maintenant, emmenez-moi loin d'ici. J'en ai assez vu.

— Très bien.

Tom s'avança, et Joseph le suivit. Il y eut un puissant courant d'air, et ils se retrouvèrent dans une autre pièce, dans une autre maison.

Cet endroit rappelait à Joseph la maison de son enfance, même si l'environnement n'était pas aussi triste. Elle était sobrement meublée, et dépourvue d'ornements, mais la cuisine, où ils se tenaient, était parfaitement propre et rangée. Une femme s'activait devant le fourneau. Son mari était assis à la table, les épaules affaissées, et la tête inclinée.

— Qui est-ce ? demanda Joseph.

— Si vous aviez pris la peine de lui parler, ou à n'importe quel autre villageois, vous le connaîtriez déjà.

— Subir les invectives et les menaces des hommes du cru ne m'incite guère à leur faire la conversation, bougonna Joseph.

— Il s'appelle Jonas Jordan, continua Tom en ignorant la remarque. C'est l'ouvrier le plus qualifié de la région, et il pourrait être votre contremaître, si vous et votre fabrique survivez assez longtemps pour l'engager. Et voici sa famille, qui se prépare à fêter le Noël que vous et vos semblables lui avez réservé.

L'homme n'avait pas bougé de sa chaise, tandis

que sa femme rassemblait les enfants pour le repas, supervisant le lavage des mains. Ils étaient cinq. Le plus jeune était un bébé, probablement encore nourri au sein, et le plus âgé était trop jeune pour travailler.

Dans cette petite maison, située dans une ruelle étroite à l'écart de la grand-rue, ne flottait aucune des odeurs que Joseph avait l'habitude d'associer aux fêtes de fin d'année. Il n'y avait pas de bûches bien sèches craquant dans la cheminée, pas de délicats fumets de pain frais et de rôti.

Dans le fourneau brûlait lentement une maigre pelletée de charbon, qui laissait les confins de la pièce gelés. Et les enfants, qui auraient dû déborder d'énergie, se blottissaient les uns contre les autres sans doute pour se réchauffer.

— Maman, dit le deuxième en âge. J'ai faim.

Sans un mot, la femme apporta des bols et les posa tout autour de la table tandis que les enfants prenaient place. Puis elle saisit la marmite tenue au chaud sur le fourneau, et répartit une petite quantité de porridge dans les bols.

Lorsqu'elle servit son mari, celui-ci repoussa son bol vers elle.

Sans y toucher, elle regarda ses enfants manger, puis partagea le dernier bol entre eux, restant sur sa faim, tout comme son mari.

— Ce serait plus nourrissant pour les enfants d'ajouter une bonne cuillère de crème, remarqua stupidement Joseph, en sachant qu'il n'y en avait pas dans cette maison.

— Si le lord du manoir n'avait pas vendu le troupeau qui paissait sur les terres où s'élève maintenant la nouvelle fabrique, peut-être y aurait-il de la crème, remarqua Tom d'un ton cassant.

— Que voulez-vous dire ?

— Les Clairemont avaient pour habitude de distribuer gracieusement le lait de leurs vaches aux villageois. À présent, ils doivent aller le chercher au village voisin. Naturellement, cela a un coût que ces pauvres gens ne peuvent se permettre.

— Ainsi, ils ont faim ? dit Joseph en essayant d'endurcir son cœur. Mais c'était déjà le cas avant que j'arrive. Et c'est sans doute parce que cet homme s'est révolté contre l'ancien filateur et a mis le feu à la fabrique.

— Lorsque les hommes sont poussés au désespoir par les circonstances, ils agissent sans réfléchir ! s'exclama Tom, comme si un fantôme pouvait s'énerver. Mais Jordan n'était pas à la fabrique le soir de l'incendie. Il était resté chez lui pour s'occuper d'un de ses enfants, qui était malade. Il n'est pas responsable de ce qui s'est passé.

— Dans ce cas, quand la nouvelle filature ouvrira, il aura du travail, promit Joseph. Si c'est la seule raison pour laquelle vous m'avez rendu visite, vous n'avez aucun souci à vous faire. Je vais apporter des emplois à toute la région.

— Uniquement à certaines personnes.

— À tous ceux dont j'aurai besoin. Et si c'est aussi important pour eux, je vais voir avec Clairemont ce qu'est devenu le troupeau, et rouvrir une laiterie à un autre endroit. Il n'a jamais été dans mon intention de priver les gens de leurs avantages, ni de faire souffrir leurs enfants.

— Mais vous ne vous êtes pas non plus renseigné sur leurs besoins quand vous êtes arrivé ici.

— Cela suffit, maintenant, s'impatienta Joseph. Je vois mon présent de façon très claire. Les personnes que je voudrais faire travailler dans ma fabrique ont faim. Mon meilleur ami me trahit. La femme que je dois épouser redoute de dire la vérité et de me libérer de ma promesse. J'en ai assez vu. Je ferai ce que je peux. Reconduisez-moi à ma chambre.

— Pas tout de suite. Il y a encore quelque chose que vous devez voir.

Quelques secondes plus tard, ils se retrouvèrent chez les Lampett.

— Ah non, pas ici ! protesta Joseph. Je sais déjà ce que je vais y trouver.

— Et de quoi s'agit-il ?

— De la violence de la part du père, et des moqueries de la fille. En outre, elle va me voir, comme la nuit dernière. Comment vais-je expliquer ma présence ?

— Elle est trop pragmatique aujourd'hui pour voir les fantômes. Et elle n'a pas fait que se moquer de vous, il me semble.

— Vous voulez parler du baiser ? Ce n'était pas spontané de sa part. Je le lui ai pris, et j'ai fait en sorte qu'elle me réponde.

— Ça lui a plu ?

— Je suppose qu'Ève a aimé le goût de sa bouchée de pomme.

Le cocher éclata de rire.

— Vous vous prenez pour le Diable ?

— C'est ce que pense tout le monde.

— Voyons ce qu'il en est, voulez-vous ?

Par mesure de précaution, Joseph se dissimula derrière le halo doré qui émanait de Tom, en songeant que la lumière le rendrait invisible.

Barbara était peut-être devenue trop terre à terre pour percevoir la présence d'un fantôme, mais elle pouvait lire en lui avec une aisance incroyable. Tout comme lui-même devinait ce qu'il y avait dans son cœur.

Quoi qu'il en soit, il ne devrait pas l'espionner ainsi. Sa vie, sa famille, ses pensées, ses paroles quand elle n'était pas avec lui ne le regardaient pas.

Mais il existait un sombre courant sous-jacent dans la curiosité qu'il ressentait ce soir ; une possessivité beaucoup plus forte que tout ce qu'il avait jamais ressenti pour Anne, ou même pour ses affaires.

Soudain, il était affamé du moindre détail qu'il pourrait glaner sur Barbara, et il se réjouissait secrètement que le fantôme l'ait conduit vers elle.

Une fois qu'il serait marié, il était peu probable

qu'il eût à nouveau l'occasion de discuter avec elle, et il préférait entendre de ses lèvres une vérité amère plutôt que d'être confronté au silence.

Pour masquer son embarras, il observa les lieux.

La maison des Lampett était charmante, bien que simplement arrangée, et trop petite pour nécessiter la présence de domestiques. Il n'y avait pas de signe de dissensions ou de manques, mais l'inquiétude assombrissait le regard de la jolie jeune femme qui se tenait derrière l'épaule d'un homme assis à un bureau près de la fenêtre.

— Je vous en prie, père, dit-elle en déposant une assiette sur le bureau. Prenez au moins un peu de ragoût. C'est l'heure du souper, et vous ne pouvez pas aller vous coucher sans vous restaurer.

Son père resta indifférent à la vue et à la délicieuse odeur de la nourriture, qui mettait l'eau à la bouche de Joseph.

— Je n'en veux pas. J'ai du travail. Il faut que j'arrête Stratford avant que cela n'aille plus loin.

Bernard Lampett repoussa l'assiette, et Barbara jeta un regard inquiet en direction de sa mère. Cette dernière était assise près de la cheminée, et cousait un ruban de dentelle blanche sur une robe de mousseline bleu nuit.

Joseph aurait aimé pouvoir les rassurer, leur prouver qu'ils n'avaient rien à craindre de lui ou de sa fabrique. Mais surtout, il avait envie d'entendre ce que Barbara pensait véritablement de lui.

— Même si son comportement est condamnable,

je suis sûre qu'il s'agit davantage de maladresse que de cruauté, dit-elle, aussi lentement et prudemment que possible. Si nous lui en laissons le temps, il finira par voir les choses à notre manière.

— Voilà que tu le défends, maintenant ?

Tandis que son père la dévisageait avec stupéfaction, blessé, trahi, renfrogné, Barbara apparaissait désemparée à la vue de son agitation.

— Oui, dit-elle soudain. Je suis prête à le défendre contre vos charges les plus déraisonnables. Les hommes de la région ont besoin de travail, père. Vous le savez bien. Mr Stratford a bâti une fabrique là où il n'y avait rien, et il a pris des risques importants à titre personnel. Les journaux ne disent-ils pas que c'est une mauvaise époque pour faire du commerce ? Il aurait pu investir dans un domaine plus rentable. Ou encore il aurait pu tout aussi bien rester à Londres.

— Il va créer quelques emplois, soit. Mais il va exploiter les ouvriers comme le font tous les autres industriels.

— Pas nécessairement. Si nous faisons en sorte qu'il se sente le bienvenu ici, il se montrera peut-être aimable et compatissant. Il n'est pas obligé d'agir comme Mackay. En discutant avec lui, j'ai découvert que c'était un homme extrêmement intelligent. Si quelqu'un peut aider les gens d'ici, je crois bien que c'est lui. Vous l'apprécierez quand vous le connaîtrez mieux. Vous rappelez-vous qu'il vous a envoyé des livres ?

— Oui, dit Bernard Lampett d'un ton capricieux, tel un enfant que l'on oblige à se montrer poli.

— Ce sont ses livres préférés, et vous les aimez également. N'est-ce pas le signe d'un esprit analogue ? Mais il faut lui laisser une chance de vous le prouver.

Joseph se laissa tomber sur une chaise, médusé par ce flot d'éloges.

Il sourit au fantôme du cocher, l'esprit soudain plus léger.

— Elle ne me déteste pas. En dépit de ses remontrances, elle me trouve des qualités. Peut-être y a-t-il de l'espoir pour moi, après tout.

Tom éclata de rire.

— Je me demande ce que votre femme pensera de votre succès auprès de cette jeune fille. Étant donné qu'elle n'a pas de sentiments pour vous, sans doute sera-t-elle soulagée que vous alliez chercher de l'affection ailleurs. Et vous n'aurez aucun mal à mettre celle-ci dans votre lit.

Joseph bondit sur ses pieds, les poings serrés.

— Ne dites pas un mot de plus sur l'honneur de cette jeune lady. Ou bien, vous m'en répondrez à l'aube.

Loin de se laisser intimider, le fantôme haussa les épaules.

— Vous arrivez un an trop tard pour me menacer, mon bon monsieur. Être mort offre l'avantage de pouvoir dire ce que l'on veut sans crainte des répercussions. Je vais donc vous dire que vous prétendez seulement être un gentleman envers elle. Vous ne vous souciez pas des gens, sauf si cela peut vous rapporter quelque chose en retour. Vous mettriez cette fille dans votre lit en un claquement de doigts si l'opportunité se présentait. Et vous le feriez encore plus vite si cela vous donnait un avantage sur son père.

Joseph ouvrit la bouche pour se défendre, et la referma quand il comprit que c'était précisément ce qu'il avait en tête.

Tom leva la main pour lui imposer le silence, car les Lampett parlaient à nouveau.

— Et si nous discutions de sujets plus plaisants ? suggéra Mrs Lampett. C'est Noël, après tout.

— Et le moment des cadeaux, dit Barbara, ravie de cette interruption. Cependant, je ne sais pas comment vous surprendre, mère, si vous fouillez dans mon nécessaire à couture, et utilisez son contenu dans un autre but.

— Peu importe ce que nous voulons, décréta Bernard Lampett. Tu n'as toujours pas dit ce qui te ferait plaisir. Et il est trop tard pour aller à Londres te trouver quelque chose de spécial.

— Vous savez que ce n'est pas nécessaire, dit Barbara.

— Mais nous voulons t'offrir quelque chose, insista sa mère. Cela nous fait plaisir de savoir que tu es heureuse.

— Vous devriez savoir que je serai heureuse une fois que cette période sera passée, dit Barbara, en fixant le feu dans la cheminée. Ce ne sont pas des jours faciles pour moi.

— Tu ne dois plus y penser, dit sa mère, d'un ton ferme. Cela fait si longtemps, maintenant.

— Six ans.

— Justement. Il est largement temps que tu cesses de te punir pour quelque chose qui n'était pas de ta faute.

— Il y a encore des gens qui me blâment, dit Barbara, sans relever la tête.

— Ce sont des idiots, décréta son père.

— Ne parlons pas d'eux, ni du passé, dit rapidement Barbara, comme si elle tenait à éviter à son père une nouvelle crise. Disons simplement que je n'affectionne pas cette période.

La scène sembla s'effacer progressivement. Joseph distinguait encore les protagonistes, mais il ne parvenait plus à entendre leurs paroles, bien qu'il fît un effort pour déchiffrer ce qui n'était plus que des murmures.

Désemparé, il se tourna vers Tom.

— Fort bien. Vous avez raison. Je me suis montré arrogant et insensible à l'égard des gens de Fiddleton, et de cette famille en particulier. Mais cela m'aiderait à mieux les comprendre s'ils étaient plus ouverts à la vérité. Six ans…

Il fit le calcul.

— Elle devait avoir dix-huit ans, à l'époque.

Il fixa sévèrement le fantôme du cocher.

— Vous étiez encore en vie. Que s'est-il passé ?

— Je suis ici pour vous montrer le présent, pas pour vous expliquer le passé, répliqua le fantôme d'un ton légèrement impatient. Si l'information est importante pour vous, alors vous devriez poser la question à cette jeune personne.

— N'avez-vous pas entendu ce qu'elle vient de dire ? Il n'est pas même envisageable pour elle d'en parler devant sa propre famille. Comment voulez-vous qu'elle me réponde si je l'interroge ?

Le fantôme lui glissa un regard entendu.

— Tout dépend de votre façon de le lui demander, je suppose.

— Cessez de me tourmenter avec l'idée que je pourrais la séduire !

Joseph serra les dents et s'efforça de repousser cette pensée.

— À l'évidence, la période de Noël est associée à de mauvais souvenirs pour elle. Je n'ai pas envie d'en être un de plus. Si c'est ce que vous vouliez que j'apprenne ce soir, alors laissez-moi partir.

Subitement, Joseph fut à nouveau dans sa chambre, debout et entièrement vêtu devant la cheminée.

Observant l'horloge, qui indiquait trois heures du matin, il dit à haute voix, au cas où le fantôme l'écouterait encore :

— Je vais m'améliorer, vous verrez. Mais il faut que ces visites nocturnes s'arrêtent là, car j'en ai assez.

Puis il revêtit sa tenue de nuit et partit se coucher, en redoutant d'être de nouveau empêché de dormir.

Le jour se levait quand il ferma enfin les paupières.

Chapitre 9

Le lendemain soir, Barbara se retrouva engoncée dans la carriole des Clairemont, et ballottée à travers les rues détrempées.

Il avait bruiné toute la journée tandis que les nuages s'amoncelaient dans un ciel changeant, qui semblait hésiter entre pluie et neige.

L'humeur de Barbara était à l'unisson, alors qu'elle ne savait toujours pas si elle avait envie de se précipiter vers cette soirée et son hôte, ou de s'enfuir en courant dans la direction opposée.

Mais Anne ne semblait guère troublée.

— Je suis certaine que ce sera une soirée délicieuse, dit-elle avec un sourire béat. Nous allons danser. Il y aura du champagne. La cuisinière a préparé un délicieux buffet, et un souper froid à minuit. Joseph a promis que cela dépasserait tout ce qui se fait à Londres.

— Mouais, marmonna Lord Clairemont, le visage tourné vers la vitre.

Lady Clairemont ne dit rien, refusant de faire

cas de leur destination, ou de la passagère supplémentaire dont ils s'étaient vus affublés.

Les Clairemont s'étaient installés dans la plus vaste maison du bourg de Fiddleton, avec cinq domestiques, et des dépendances leur permettant de conserver une carriole et des chevaux.

Mais cela n'avait rien à voir avec le manoir. Y retourner en tant qu'invités constituait à l'évidence une source d'irritation, qu'ils s'efforceraient de masquer lorsque cela serait absolument nécessaire.

Anne semblait en être moins affectée, adressant aux uns et aux autres des regards débordant d'enthousiasme.

— Joseph dit que les châtaignes sont particulièrement bonnes cette année. Il les a déjà goûtées.

— Cela ne m'étonne pas, répliqua son père. Il est excessif dans tous les domaines. S'il n'y prend garde, il tombera dans la gloutonnerie.

— J'en doute, protesta Anne. Il ne reste pas assis suffisamment longtemps pour prendre du poids. Au contraire, quand il est absorbé par son travail, il oublie de se nourrir.

Son père marmonna quelque chose d'inaudible, à l'exception du mot « commerce ».

Anne redevint silencieuse, et Barbara eut l'impression de pouvoir deviner ses pensées. Elle se reprochait d'avoir mentionné que son futur fiancé avait une occupation professionnelle, s'agissant d'un sujet délicat.

— En tout cas, dit Barbara, voulant aider son

amie, il me semble être un gentleman fort aimable. Hier, alors que je me débattais avec mon panier trop lourd, il a offert de me raccompagner à la maison.

Anne eut un hochement de tête approbateur, comme pour dire qu'elle n'en attendait pas moins de lui.

Sa mère répliqua d'un ton pincé :

— C'est peut-être le signe d'une nature inconstante. Que fait-il à se montrer courtois avec d'autres femmes, alors qu'il est déjà engagé ailleurs ?

Plissant les paupières, elle observa Barbara d'un air suspicieux.

— À moins que vous ne cherchiez à vous faire conter fleurette ?

Anne retint son souffle, mais Barbara parvint à ne rien laisser paraître de ce qu'elle ressentait. Elle connaissait l'opinion que Lady Clairemont avait d'elle, mais elle avait espéré ne pas en faire les frais ce soir.

— Mère ! protesta Anne. Je suis certaine qu'il ne s'agissait pas de cela. Bien que vous en doutiez, Joseph a le cœur généreux. Je ne suis pas surprise le moins du monde qu'il ait proposé d'aider Barbara.

— Tant que tu n'auras pas d'alliance, je te conseille de te montrer moins compréhensive et plus pragmatique, répliqua Lady Clairemont.

Visiblement embarrassée par la brutalité de sa mère, Anne protesta :

— Je ne peux tout de même pas exiger qu'il fasse sa demande ce soir.

— Mais le fait qu'il invite d'autres jeunes ladies à ce bal n'est pas de bon augure.

— Je pense qu'il souhaite me présenter quelqu'un, s'empressa de dire Barbara. Il m'a parlé de gentlemen…

— Il pensait sans doute à Robert Breton, marmonna Lord Clairemont. Il est peut-être de trop bonne naissance pour vous, ma chère. Quoique pas assez bien placé… Second fils…

Le reste de son commentaire se termina à nouveau en marmonnements inaudibles.

— Vous ne l'avez même pas rencontré, père.

D'un regard, Anne adressa des excuses silencieuses à Barbara.

— Il est réellement très aimable. Et, même s'il ne possède pas de titre, c'est un véritable gentleman.

Lord Clairemont balaya cette remarque d'un revers de main.

— Peu importe. Je suppose qu'il conviendra pour Barbara, si c'est ce qu'a prévu Stratford. Mais il ne doit guère avoir de personnalité s'il laisse un associé d'affaires prendre de telles décisions pour lui.

Anne regarda par la vitre, comme si elle cherchait un autre sujet de conversation.

— J'espère que le temps sera en notre faveur, ce soir, dit-elle d'une voix douce. Il semble que la pluie veuille se transformer en neige.

— Si c'est le cas, nous serons contraints de rester au manoir, dit Lady Clairemont d'un ton dépité.

Elle soupira, comme si elle portait sur ses épaules toute la misère du monde.

— J'imagine que Stratford s'est installé dans la chambre principale, mais nous nous accommoderons de la suite des invités. Quant à toi, Anne, tu pourras sans doute retrouver ton ancienne chambre.

Consciente de l'étrangeté de la situation, Barbara s'inquiéta :

— Dans ce cas, j'espère que rien ne nous empêchera de regagner nos pénates. Je ne suis aucunement préparée à passer la nuit sur place.

— Oh…

Lady Clairemont eut une petite moue faussement attristée, qui se termina en un sourire ironique.

— Ne vous inquiétez pas, ma chère. Je suis sûre qu'une femme de chambre pourra vous prêter une chemise de nuit, si toutefois nous étions contraints de dormir au manoir.

Lorsqu'ils arrivèrent à destination, l'attitude des Clairemont ne fut pas plus chaleureuse.

Le couple entra dans la salle de bal comme s'ils étaient toujours propriétaires des lieux, saluant les autres invités comme s'il se fût agi de vieux amis, tandis qu'Anne suivait dans leur sillage, polie et silencieuse.

Lorsque Barbara voulut leur emboîter le pas, Lady Clairemont se retourna et, d'un regard glacial, lui fit comprendre qu'elle n'était pas la bienvenue au manoir, quoi qu'en dise Joseph Stratford. S'il devait y avoir des présentations, ce serait à lui de les faire, car les Clairemont avaient l'intention de prétendre qu'elle n'existait pas.

La vengeance concoctée par Lady Clairemont était parfaite. La pièce était emplie d'inconnus et, si elle voulait passer pour une jeune lady parfaitement éduquée, Barbara ne pouvait pas se présenter à eux de sa propre initiative.

Elle passerait la soirée comme une sorte de fantôme social, tenue à l'écart des festivités par une vitre invisible de bienséance.

Anne ne viendrait pas non plus à son secours. Même si elle n'avait pas à son égard la profonde animosité que manifestaient ses parents, elle manquait de force de caractère pour s'opposer à eux.

En revanche, elle était certaine que Joseph l'aiderait, si seulement elle parvenait à le trouver. Mais il n'y avait aucun signe de lui. Il devait sans doute être en train de parler affaires quelque part.

On ne pouvait pas en attendre moins de sa part. Et, après tout, c'était pour lui le seul but de cette réunion.

C'était sans doute aussi bien que Joseph ne la voit pas.

Ayant eu le temps d'admirer les autres femmes, elle avait pu voir combien elle détonnait parmi elles. Si sa robe lui avait paru charmante dans le grand miroir en pied du cottage, elle lui semblait en effet bien ordinaire en comparaison des soies pâles et des châles finement brodés qu'elle voyait à présent.

Et la plus jolie de toutes était Anne Clairemont. Sa robe ivoire était rebrodée de fines perles, ses cheveux relevés par des épingles en diamant. Elle glissait à travers la pièce comme un cygne : pure, blanche, souple et gracieuse.

En comparaison, la robe bleue de Barbara parvenait à être à la fois trop voyante, avec ses galons de dentelle, et trop ordinaire. Son cou était nu. Ses cheveux étaient noués simplement, sans bijou ni ornement.

Si Joseph la voyait ainsi, il la regarderait avec pitié plutôt qu'avec désir. Elle ne devait pas oublier qu'elle était là par charité. Il lui fallait accepter la réalité et ne pas laisser paraître sa déception.

Qu'elle soit invitée ou non, sa place n'était pas ici.

En outre, elle devait se souvenir de ne pas l'appeler Joseph lorsqu'elle se trouverait face à lui. Anne Clairemont avait le droit à cette marque d'intimité. Pas elle.

Après avoir reçu un baiser de lui, et avoir été seule avec lui à deux reprises, elle n'avait plus envie, dans le secret de ses pensées, de le nommer Mr Stratford.

Pour mettre un terme à son embarras, Barbara quitta discrètement la salle de bal et se dirigea vers la galerie des portraits, se réjouissant que le manoir lui soit si familier.

Quand elle rentrerait à la maison, elle inventerait une histoire pour sa mère, évoquant les mets délicats, les danses enjouées et les charmants gentlemen qui s'étaient intéressés à elle…

Un groupe d'hommes traversa le hall en portant des assiettes débordant de petits-fours. Ils cherchaient à l'évidence un endroit calme où s'asseoir. Lord Clairemont se trouvait parmi eux.

Afin d'éviter tout embarras supplémentaire, Barbara se retira dans l'une des nombreuses cachettes qu'elle avait explorées quand elle était enfant ; une imposante statue du dieu de la guerre Mars, décorée de la plus indigne façon de guirlandes de houx.

— Quelqu'un a-t-il vu notre hôte, ce soir ? demanda un homme à forte corpulence, emprisonné dans une redingote de moire lie-de-vin.

— Il est sans doute occupé à essayer de faire des affaires, comme toujours, répondit son voisin. Il ne me laisse pas un instant de répit.

— On ne peut guère attendre autre chose de ces gens-là, répliqua le premier. Les commerçants, vous savez, ne pensent qu'à l'argent.

Contrairement à d'autres, songea Barbara, non sans une pointe de méchanceté, qui ne pensaient qu'à se remplir la panse. Joseph avait peut-être de nombreux défauts, mais on ne pouvait critiquer son hospitalité. La nourriture était abondante et le champagne coulait à flots. Quiconque avait la chance d'être invité dans sa maison devrait avoir l'élégance de le reconnaître.

Mais Lord Clairemont ne semblait pas partager cet avis.

— Il y a trop de tout, ici. Lorsque Anne aura en charge cette maison, elle saura, espérons-le, lui apprendre les bonnes manières. Il est riche, certes, mais très ordinaire. Avez-vous vu ce qu'il a fait avec le lierre de la façade sud ? Il en a arraché de grandes portions et en a mis partout dans la maison.

— Noël ne va pas sans un minimum de décoration, dit l'homme à la redingote lie-de-vin.

— Mais il faut savoir garder le sens de la mesure, protesta Lord Clairemont, et ne pas dénaturer une maison aussi élégante que celle-ci.

Barbara ne partageait pas cette opinion. Les pièces avaient fière allure avec tous ces feuillages. Et maintenant que le lierre avait été taillé autour des fenêtres, la lumière du jour devait mieux entrer dans la bibliothèque et la salle de bal. Elle se souvenait d'endroits aussi sombres que des cavernes, même au plus fort de la journée. Des recoins qui l'effrayaient quand elle était enfant.

— Stratford et votre fille forment un joli couple, remarqua l'un des hommes, à contrecœur. Il semblerait que la naissance ne se voie pas sur le visage.

— Mais sa conversation est très ordinaire, affirma Lord Clairemont. Il va chez le meilleur tailleur de Londres, mais il raconte à qui veut l'entendre que l'étoffe a été tissée par lui-même, sur un de ses métiers modernes.

— Peut-être allons-nous le trouver dans le salon, en train de tricoter une écharpe, surenchérit l'homme à la redingote.

Ses amis s'esclaffèrent.

Barbara prit appui contre le mur, et ferma les yeux, regrettant d'avoir surpris cette conversation si embarrassante pour Joseph.

Comme cela devait être affreux pour lui d'être perpétuellement un objet de moquerie…

— Vous jouez à cache-cache, Miss Lampett ?

Barbara rouvrit les yeux et découvrit son hôte à côté d'elle, nonchalamment accoté au mur, lui souriant.

— Je ne faisais rien de la sorte. Je…

Elle chercha une explication plausible.

— Je me reposais un peu. Danser est exténuant.

— Pourtant, je ne vous ai pas vue de toute la soirée dans la salle de bal. Expliquez-vous.

— Pour que je puisse danser, il faut qu'on m'invite. Et avant d'être invitée, il faut que les présentations aient été faites.

Elle sourit poliment.

— Mais je passe une agréable soirée, à redécouvrir la maison. Elle est splendide. Surtout avec ces décorations de fête. Je vous remercie pour votre invitation.

— Balivernes ! dit-il d'un ton sec. Vous êtes venue avec les Clairemont, n'est-ce pas ?

— Ils ont eu la bonté de me proposer un transport en calèche.

— Mais ils ne vous ont pas présentée aux invités ?

Ne trouvant pas de réponse appropriée, Barbara garda le silence.

— Et j'ai négligé mes devoirs d'hôte en vous laissant déambuler seule et abandonnée.

Il proféra un juron entre ses dents.

Sans doute aurait-elle dû en être choquée, faire un commentaire sur sa vulgarité, et tourner les talons. Mais il n'avait déjà que trop été confronté à ce genre de réactions, et elle n'avait pas le cœur d'ajouter sa propre censure au reste.

Il se ressaisit très vite, et inclina la tête en signe de contrition.

— Venez, Miss Lampett. Retournons à la salle de bal, afin que vous puissiez danser avec moi.

— Vraiment, ce n'est pas nécessaire, murmura-t-elle.

— Voilà que vous recommencez à me dire ce qui est nécessaire et ce qui ne l'est pas.

Il lui prit le bras et la fit sortir de son refuge.

— Vous devriez pourtant savoir maintenant qu'il est inutile d'espérer me faire changer d'avis une fois que j'ai pris ma décision.

— Mais je dois essayer, dit-elle en se libérant. Je sais que votre invitation était une façon de faire taire mon père mais, si nous dansons, les Clairemont vont s'imaginer que cela cache autre chose.

— Ne m'accusez pas de motivations aussi sombres. Peut-être ai-je simplement pensé que cette opportunité de sortir dans le monde vous ferait plaisir, et inventé une excuse pour que vous ne refusiez pas mon invitation. Au lieu de quoi, vous vous cachez parce que mes futurs beaux-parents sont incapables de se comporter comme la lady et le lord qu'ils prétendent être.

— Mais, c'est une valse, protesta Barbara en ralentissant alors qu'ils entraient dans la salle de bal. Et je ne connais pas cette danse. Si nous attendions un peu…

Il était inutile de protester. Déjà, Joseph l'entraînait vers la piste de danse.

— C'est la plus simple de toutes les danses, et vous allez l'apprendre au fur et à mesure.

Tout en parlant, il l'avait fait pivoter pour qu'elle soit face à lui.

— Les gens diront sans doute que je suis rude, grossier et inconvenant, mais j'ai l'habitude et je n'y prête plus attention.

— Et si les gens se font une mauvaise opinion de moi, parce que je danse avec un homme que je connais à peine ? protesta Barbara.

Cependant, elle appréciait le son de la musique et la sensation de la main de Joseph posée sur sa taille.

Elle apprécia encore plus l'expression choquée de Lady Clairemont quand ils passèrent devant elle.

— Je suis votre hôte, dit Joseph. Vous ne pouvez

pas refuser. Et puis, à Noël, certaines latitudes sont permises. Personne ne dira rien.

— Même si c'est le cas, ils viennent tous de Londres, et je ne les reverrai plus, commenta Barbara, comme pour elle-même.

Elle soupira de satisfaction.

— C'est un soupir heureux, je suppose ? demanda Joseph.

Elle acquiesça d'un signe de tête hésitant.

— Je n'ai pas souvent eu l'occasion de danser. Parfois, il me semble que je suis passée directement de la salle de classe à la relégation sur une étagère poussiéreuse, et ce sans le moindre intermède.

— Vous ? Sur une étagère ? Je ne dirais pas cela.

— J'ai vingt-quatre ans, dit-elle avec une petite moue. Il y a peu de gentlemen dans la région, et beaucoup de demoiselles plus jeunes, plus jolies, plus dociles…

Joseph éclata de rire.

— À vous entendre, il s'agirait de vertus.

— Ce n'en sont pas ?

— Jeune et docile sont souvent des synonymes pour naïve et sans caractère. C'est peut-être plus facile au début, mais cela donne lieu à des unions mornes et dénuées de passion.

Barbara trouva ce commentaire étrange, car c'était exactement ainsi qu'elle aurait décrit le futur mariage de Joseph et Anne.

— Et la beauté ? demanda-t-elle. Cela ne vous pose sans doute aucun problème.

— Vous êtes d'une beauté qui ravirait même le plus exigeant des hommes, affirma Joseph.

L'enveloppant d'un regard appréciateur, il ajouta :

— Ce soir, vous êtes absolument charmante. Si vous entendez des plaintes à ce sujet, envoyez-moi les offenseurs.

Les doigts de Joseph se crispèrent sur sa taille, et sa main pressa la sienne tandis qu'ils échangeaient un sourire complice.

Soudain, elle songea que, si elle lui accordait cette privauté, il risquait de l'embrasser à nouveau. Sans doute pas ici devant tout le monde, mais dans un coin sombre, quand ils seraient seuls.

Et elle savait, si l'opportunité se présentait, qu'elle le laisserait faire.

À cette pensée, elle trébucha, et rompit ce moment d'intimité.

Joseph se concentra sur les pas et retrouva rapidement le rythme, prétendant, pour la mettre à l'aise, que l'erreur venait de lui.

Elle se sentit coupable. Elle l'avait accusé de choses affreuses, les lui jetant directement au visage. Et elle avait pensé encore pire. Mais elle devait se rendre à l'évidence : bien que sa nature parût brusque, Joseph était tout à fait capable de se conduire en gentleman quand il le souhaitait. Il était regrettable qu'il ne soit pas traité en tant que tel.

Quoique ce fût le comble des mauvaises manières

que de répéter ce qu'elle avait entendu, Barbara ne se sentît pas le droit de cacher la vérité à Joseph.

— Ils se moquent tous de vous, vous savez. Je parle des invités. Et même la famille d'Anne s'est mise de la partie.

Soudain, elle comprit qu'elle pouvait donner l'impression de vouloir évincer une rivale.

— Pas Anne, naturellement. Elle a trop bon cœur pour cela.

— Oh ! bien sûr que non, répliqua-t-il avec une pointe de sarcasme. Mais Anne comme les autres ne s'estiment pas supérieurs quand il s'agit d'accepter le gîte et le couvert de la part d'individus comme Mr Joseph Stratford. Ils n'ont pas le courage de leurs opinions. Certaines des personnes que j'espérais voir ce soir ont décliné mon invitation. J'ai davantage de respect pour eux, car ils sont incapables de donner le change.

Il n'y avait aucune tension dans ses paroles tandis qu'il la faisait tourbillonner sans effort au milieu des autres danseurs.

— Réalisez-vous ce qu'ils disent à votre sujet ?

— Naturellement.

Il esquissa un sourire à son intention.

— Vous ne vous inquiétez quand même pas pour moi ? Dans ce cas, vous me prendriez pour plus sensible que je ne le suis. Ce que pensent les autres m'importe si peu.

— Peut-être les gens ne réagiraient-ils pas ainsi si vous n'étiez pas…

Il semblait à Barbara qu'il n'existait pas de mot pour le décrire.

Joseph soupira et lui sourit.

— Je suis excessif en tout, j'en ai bien peur. Mais il est difficile de faire comprendre la nouveauté à des personnes qui s'accrochent au passé.

Il regarda par la fenêtre la neige qui tombait sur le parc, comme s'il pouvait y lire son avenir.

— Il y a deux ans, je n'avais que quelques machines. Aujourd'hui, c'est une fabrique entière. Et demain ? Un empire.

Il agita la main vers le hall qu'ils avaient quitté un moment auparavant.

— Ils peuvent bien rire derrière leur main, si ça leur chante. Mais le gentleman vêtu de cette horrible redingote lie-de-vin m'a promis dix mille livres. Et son voisin, cinq mille. Ils obtiendront un bon retour sur investissement, sans avoir à redouter que je révèle notre association, ou que je les importune de ma présence à Londres. Nous y trouvons tous notre intérêt.

— Est-ce la seule chose qui compte ?

Joseph répondit par un hochement de tête.

— Si j'avais choisi de me comporter correctement, et de rester dans le milieu où je suis né, je serais aujourd'hui de l'autre côté des grilles, à regarder les gens s'amuser. Et demain, je serais devant la fabrique d'un autre homme, à le menacer, et à vivre dans la crainte que mon dernier quignon de pain me soit arraché de la main.

— Vous avez une vision très sombre du monde, Mr Stratford.

— Et très juste. J'ai été pauvre, Miss Lampett. Et à présent, je suis riche. Mais la misère qui me colle à la peau ne s'effacera jamais. Je l'accepte.

Il sourit.

— Mais je ne peux m'empêcher d'apprécier le changement.

La danse se termina, et il la guida vers un des nombreux buffets, abondamment garni.

Tandis qu'ils approchaient des personnes regroupées là, Barbara hésita, et posa une main sur son bras pour l'arrêter.

— S'ils ont une si piètre opinion de vous, alors que vont-ils penser de moi, avec ma robe de la saison dernière, agrémentée d'un rajout de dentelle ?

— Ils vous traiteront avec la plus grande courtoisie, j'en suis certain. Je vais vous présenter Robert Breton, qui est un véritable gentleman, avec des manières irréprochables. Il vous présentera à tout le monde. Je vous recommande, après mon départ, de vous plaindre de la façon très incorrecte dont je vous ai obligée à danser. Ainsi, votre avenir ne sera pas en danger.

— Je ne ferai jamais ça, protesta Barbara.

— Je sais bien que non.

Il plongea dans ses yeux un regard troublant.

— Mais je suis certain que vous y avez pensé.

— Non.

— Ne mentez pas, dit-il en lui pressant la main.

Mais, ne croyez pas que je vous en veuille. Mes manières sont rudes. Considérant les circonstances, j'apprécie que les vôtres ne le soient pas.

Joseph la conduisit à son ami, et fit des présentations en bonne et due forme.

En retour, Mr Breton se montra affable et d'une conversation fort agréable. Il la présenta à tous ses amis et connaissances, et son carnet de bal fut bientôt plein.

Tout en dansant, Barbara ne cessait de chercher Joseph du regard. Mais ce dernier accordait toute son attention à Anne, comme il se devait.

Il était fiancé avec la jeune Lady Clairemont, ou c'était tout comme. Barbara était bien sotte de croire qu'il éprouvait pour elle un intérêt personnel. Il voulait tout simplement qu'elle se sente à l'aise, et il en allait de même pour ses autres invités.

Il ne s'agissait de rien d'autre. Quant à ses compliments, ils ne faisaient que trahir son manque de savoir-vivre, et ça ne lui était pas uniquement réservé.

La danse se termina, et son cavalier la reconduisit à Mr Breton, qui lui proposa un rafraîchissement.

Tandis qu'ils passaient non loin de Joseph, Mr Breton la surprit en train de lui accorder un regard languissant.

— Si vous avez des espoirs dans cette direction,

dit-il à mots couverts, vous devez savoir qu'il existe un accord avec une autre jeune fille.

Embarrassée de s'être laissé surprendre, Barbara essaya de ne pas rougir.

— Je sais. Je suis simplement surprise de sa gentillesse envers moi, alors qu'il me connaît à peine – si ce n'est à travers mon père. Et il s'agit d'une situation… difficile.

— J'ai cru le comprendre. Vous devriez expliquer à votre père, si vous le pouvez, que tout n'est pas aussi simple que les apparences le laissent entendre.

Il jeta un regard en direction de son ami, depuis l'autre côté de la pièce.

— En dépit de tous ses défauts, Stratford est un visionnaire. Nous devons lui faire confiance pour savoir ce qui est juste.

— Je ne peux pas dire que j'approuve sa vision, protesta Barbara en secouant la tête. Pour les villageois, cela ressemble à de la destruction pure et simple. Quant au changement, il ne profitera qu'à un seul homme.

— Pas du tout, protesta Mr Breton. J'étais là quand il a pris la décision de venir ici. Il a étudié des quantités de cartes, de gazettes… Il a choisi et rejeté différents sites… Puis il m'a montré cet endroit. « Ici ! » a-t-il dit, triomphalement. « La rivière acheminera les marchandises jusqu'à Londres. Les moutons nous fourniront la matière première. Et la route nous apportera le charbon.

Quant à la main-d'œuvre, elle ne manque pas depuis la fermeture de la précédente filature. »

Mr Breton eut un sourire empli de fierté.

— Il a vu tout cela, alors que ce n'était qu'un ensemble de maillons attendant d'être reliés pour former une chaîne. Certains hommes peuvent avoir une idée pour améliorer les choses, mais il est un des rares à en comprendre assez pour faire fonctionner ce changement.

— Vous qui êtes un gentleman, je m'étonne que vous soyez si impliqué dans le commerce et l'industrie.

Il haussa les épaules.

— Vous savez, je ne suis que le second fils, et je ne dois pas compter sur un quelconque héritage. J'avoue que j'étais sceptique quand il est venu me trouver avec son idée de métier à tisser amélioré. Mais il s'est montré très insistant. J'ai donc fini par investir une modeste somme. Cela a fait ma fortune. Lorsqu'il a décidé de voir plus grand, je me suis dit que je serais fou de ne pas le suivre.

Mr Breton balaya l'assemblée du regard.

— Joseph s'attendait à ce qu'il y ait plus de spéculateurs, car l'opportunité de faire des affaires loin de la condescendance de la bonne société était particulièrement plaisante.

Il eut une petite moue désabusée.

— Les absents ne savent pas ce qu'ils perdent. La cave de Joseph est excellente, sa table garnie à souhait, et la maison aussi agréable que celles de Londres. Je n'ai personnellement aucune critique à faire.

— Je me demande ce que les Clairemont pensent de tout cela.

— C'est sans importance. J'ai souvent fait le constat que le droit divin de propriété ne s'accompagne pas systématiquement de la clairvoyance ou des capacités pour le conserver. Alors que vos amis les Clairemont se sont montrés incapables de conserver leur position, soyez sûre que Joseph y parviendra.

À mesure qu'il parlait, la voix de Mr Breton se faisait plus enthousiaste.

— Et ce n'est que le début de sa fortune et de ses titres de propriété. Tandis qu'il continuera à avancer, les Clairemont et leurs semblables seront laissés de côté, en ne possédant plus que l'honneur de leur nom. La pauvreté raffinée reste de la pauvreté, Miss Lampett. Sans doute devez-vous le savoir.

L'homme dont ils parlaient apparut soudain à leurs côtés, sans qu'ils ne l'aient vu arriver. Il s'interrompit net, les contempla avec surprise, s'excusa, et repartit comme il était venu.

— Que signifie son attitude ? demanda Barbara, confuse.

Breton leva la tête.

— Il croit nous avoir surpris sous un bouquet de gui, et s'est imaginé que nous étions sur le point de nous embrasser. Il faut dire qu'il est bien difficile de les éviter. Il en a fait accrocher dans toutes les pièces et les embrasures de porte, en dépit du caractère fort peu romantique de cette réunion.

— Si des fiançailles doivent être annoncées, il faut bien une touche de romance dans l'air.

Cette pensée ne l'égaya pas, et Mr Breton parut également pensif.

Regardant la boule de gui ornée de rubans, il soupira.

— Autant en faire bon usage puisque nous sommes là, suggéra-t-il.

Mais cette perspective ne semblait pas l'enthousiasmer.

Barbara ne voulut pas montrer son propre manque d'entrain.

— Si vous le souhaitez, monsieur. C'est Noël, après tout.

Elle ferma les yeux et leva son visage vers lui.

Elle s'attendait à ce que ce fût bref, vite terminé et oublié. Mais il apparut qu'il souhaitait quelque chose de plus mémorable, et il ne se recula pas immédiatement. Cependant, il ne chercha pas à rendre ce baiser plus intime, et ne montra aucune réelle fougue.

Ce n'était pas exactement déplaisant, mais c'était très certainement étrange.

Il y eut un petit cri de surprise derrière eux, un sanglot étouffé, puis des bruits de pas féminins dans le hall.

Mr Breton s'écarta brusquement et jura entre ses dents.

— Si vous voulez bien m'excuser, Miss Lampett...

Lui adressant un bref signe de tête, il quitta précipitamment la pièce, la laissant seule à nouveau.

Chapitre 10

Dans le silence de la bibliothèque, Joseph Stratford répétait en son for intérieur les mots de sa demande.

S'il voulait conclure l'accord passé avec Lord Clairemont, autant qu'il le fasse ce soir, pendant qu'il y avait des invités pour célébrer ses fiançailles avec Anne.

Ce serait une sorte d'apothéose, une façon de prouver à ses investisseurs que les Clairemont avaient toute confiance en lui.

À tous égards, le choix était excellent.

Il avait sélectionné Anne avec une précision clinique, tout comme il l'avait fait pour la décoration de la maison. On ne pouvait nier que sa beauté, ses manières et sa naissance étaient irréprochables.

Bien que son père se montrât froid et abrupt avec lui, Anne lui accordait la juste dose d'intérêt, lui faisant comprendre, sans toutefois paraître impatiente, que sa réponse serait positive le jour où il ferait sa demande.

Son cœur n'était pas engagé, naturellement. Pas plus que celui d'Anne.

Et c'était mieux ainsi.

S'il allait chercher de l'affection ailleurs, Anne serait davantage soulagée qu'affectée. Il ferait naturellement en sorte qu'elle soit heureuse, comme il l'avait promis à Robert, mais il ne chercherait pas à conquérir un amour qui avait peu de chances de se manifester.

Ses pensées dérivèrent soudain vers la scène fâcheuse dont il avait été le témoin quelques instants auparavant : Breton et Barbara se tenant sous le gui, l'air gêné. C'était son plan quand il l'avait invitée. Elle méritait de rencontrer un homme de qualité, et il ne pouvait penser à un meilleur choix que Robert.

Et cependant, il ne trouvait pas ce nouveau succès aussi plaisant que la danse qu'il avait partagée avec Barbara, ou le sentiment héroïque d'avoir volé à son secours dans la galerie des portraits où elle se morfondait.

S'il n'y prenait garde, il détruirait des plans qu'il avait mis des mois à élaborer, et ce uniquement pour contenter des fantômes qui n'étaient que le fruit de son esprit fatigué.

Avec un peu de chance, Barbara s'entendrait parfaitement bien avec Breton, et il n'aurait plus à se préoccuper d'elle.

Anne lui était supérieure dans tous les domaines, se rappela-t-il avec fermeté.

Pour commencer, le visage de Barbara était loin d'être patricien, comme on pouvait l'imaginer. Dire que sa peau était rougeaude aurait été lui faire insulte. Mais elle avait la peau hâlée des paysannes qui passaient leur vie en plein air. Elle n'était ni petite ni rondelette, mais elle était beaucoup moins fine et élancée qu'Anne.

En résumé, elle semblait moins raffinée, moins délicate, moins lady.

Mais ça ne l'empêchait pas de la désirer.

Anne était jolie comme une poupée de porcelaine, mais les poupées étaient faites pour être admirées, posées sur une étagère, plus que pour être touchées.

D'autres jouets étaient destinés à se divertir. Et quand il regardait Barbara… oh, comme il avait envie de divertissement !

L'idée qu'elle passe le reste de sa vie sans être mariée, à s'occuper de son père dément, semblait terriblement injuste.

À quoi elle devait sa disgrâce sociale. Si sa vertu était déjà entachée, peut-être qu'avec le temps…

La porte s'ouvrit soudain, et il se trouva face à face avec sa promise.

— Anne, dit-il, gêné.

— Joseph.

Elle semblait tout aussi embarrassée que lui. Il prétendit ne pas remarquer la profonde inspiration qu'elle prit, ni ses joues empourprées.

— Je suis désolée. Je ne voulais pas vous déranger.

— Ce n'est rien. J'avais l'intention d'aller vous chercher. Si vous avez quelques minutes…

— Bien sûr.

Maintenant que le moment était venu, il ne savait pas quelle sorte d'émotion convenait.

En tout cas, il était certain de ne pas ressentir la bonne. Il n'était ni plaisamment impatient, ni fou de joie.

Et il ne ressentait assurément pas le désir qu'aurait dû lui inspirer le fait de se retrouver seul avec elle, pour la première fois depuis qu'ils avaient fait connaissance.

Anne s'était totalement reprise à présent, et le regardait avec un sourire aimable mais détaché, attendant qu'il parle.

Ils savaient très bien tous deux ce qui allait se passer.

Prétendre qu'il y avait un doute sur la question et sa réponse inévitable était une ennuyeuse cérémonie à laquelle il n'avait pas envie de se prêter.

S'approchant de quelques pas, il dit :

— Miss Anne Clairemont, voulez-vous me faire l'honneur de devenir ma femme ?

Bien qu'il s'agît d'une simple formalité, ces paroles lui semblèrent singulièrement difficiles à prononcer.

— J'en serai très honorée en retour.

Heureusement, il ne s'attendait pas à ce qu'elle

explose de joie. L'expression d'Anne était exactement semblable à celle qu'elle arborait un moment plus tôt dans la salle de bal.

— Je n'ai pas de bague à vous offrir pour le moment. Après les fêtes, je vous emmènerai à Londres, où vous pourrez choisir un modèle à votre convenance.

Cela éviterait qu'elle soit embarrassée par son manque de goût en la matière.

— Ce ne sera pas nécessaire, dit-elle avec le même sourire imperturbable. Je suis certaine que mère aura quelque chose d'approprié dans son coffret à bijoux.

Apparemment, lorsqu'il avait acheté la maison et son contenu, il avait aussi acheté l'épouse et la bague.

Réprimant une envie de rire tout à fait déplacée, il répondit :

— Retrouvons-nous dans la salle de bal à…

Il vérifia l'heure sur la pendule de la cheminée.

— Minuit. Cela nous laisse trois quarts d'heure avant l'annonce.

Il se pencha vers elle, et elle ferma les yeux, s'attendant à être embrassée.

Il s'encouragea à être doux, mais cela ne semblait pas nécessaire. Elle n'avait pas peur de lui.

Leurs lèvres se frôlèrent. Il lui suffit d'une légère pression pour qu'elle ouvre la bouche et lui réponde. À l'évidence, elle savait ce qui était attendu d'elle, et s'y prêtait parce que c'était ainsi.

Il eut soudain le sentiment terrible, à présent que la demande avait été faite, qu'elle lui permettrait tout ce qu'il oserait exiger, avec le même sourire poli et placide.

Il mit fin à ce baiser qui n'éveillait en lui aucun frisson.

— En attendant, si vous voulez bien m'excuser…

Il inclina brièvement la tête et quitta la pièce.

Non, il ne fuyait pas, voulut-il se convaincre. Il s'en allait prestement vérifier que ses invités ne manquaient de rien, prévenir les musiciens de l'annonce qui serait faite, et se préparer à commettre la plus grande erreur de sa vie.

Anne sourirait modestement, comme la marionnette qu'elle était. Et il afficherait un air réjoui, pour prouver qu'il avait conscience de sa chance, acceptant les congratulations chaleureuses et les innombrables toasts en leur honneur.

Cette simple idée lui provoqua une sensation d'étouffement.

Dès l'instant où il l'avait embrassée, en espérant ressentir quelque chose, il avait compris que c'était une erreur. Mais la demande avait été faite, et il était trop tard pour faire machine arrière.

Dans un acte de suprême lâcheté, il bifurqua en passant devant l'alcôve secrète du hall, et se cacha derrière le rideau.

Il ne pourrait pas se dissimuler là toute la soirée, mais cinq minutes de tranquillité lui feraient le plus grand bien.

— Joseph !

Sa voix n'était qu'un murmure qui lui échauffa le sang.

Il se retourna dans l'étroit espace, et découvrit Barbara qui s'y dissimulait aussi.

— Miss Lampett ! Vous vous cachez à nouveau ?

— Absolument pas !

Posant les mains sur sa taille, il l'attira contre lui et prit ses lèvres, car il ne pouvait supporter d'être sans elle un moment de plus.

Elle lui répondit avec une ardeur renversante, éveillant dans son corps une joie si sauvage qu'il comprit le danger de cette étreinte et s'écarta.

— Lâchez-moi, et sortez immédiatement, ou je vous jure que je vais hurler.

Ses mots étaient ceux que l'on attendait d'une jeune fille offensée. Ils devaient être prononcés. Mais elle ne fit aucun effort pour lui échapper. Il n'y avait pas non plus de peur dans sa voix.

— Eh bien, criez, dit-il.

Et il espérait presque qu'elle le ferait. Cela résoudrait nombre de ses problèmes. Anne serait mise au courant, et son engagement serait rompu avant d'avoir commencé.

Barbara prit une profonde inspiration, et il crut un instant qu'elle allait mettre sa menace à exécution.

Puis elle soupira, comme vaincue.

— Pour une fois, ne voulez-vous pas faire les choses correctement ? Pourquoi faut-il que vous compliquiez tout ?

— Peut-être parce que je ne veux pas vous laisser partir.

— Et je manque de force pour vous résister.

— J'en doute. Vous êtes beaucoup plus forte que vous le pensez. Suffisamment forte pour briser ma volonté.

Puis il posa ses lèvres sur les siennes, pour lui donner le baiser qu'il aurait dû donner à une autre.

S'écartant à nouveau, il se laissa envahir par son odeur et son goût jusqu'à ce que cela devienne une partie de lui.

Même si son futur avait la froideur d'un vent du nord, il aurait au moins ce souvenir pour se réchauffer le cœur.

— Je suppose que vous allez maintenant m'abreuver d'objections inutiles, sur la façon dont les choses devraient être entre nous, dit-il, lui tendant une perche pour qu'elle s'en aille.

Et elle ferait mieux de partir, après l'avoir giflé pour son insolence. C'était tout ce qu'il méritait pour s'être comporté d'une façon détestable.

Mais il ne put s'empêcher de poser la main sur sa chute de reins, imaginant la sensation de sa chair nue tandis qu'il la hissait à califourchon sur lui et se perdait dans son intimité.

À cette pensée, un sursaut de désir projeta ses hanches contre celles de Barbara. En réponse, elle l'attira contre elle.

Il enfouit le visage dans ses cheveux.

— Pas d'objections, donc.

Il la repoussa tout au fond de l'alcôve, tandis que les bruits étouffés de la réception parvenaient jusqu'à eux, et s'inclina pour déposer un baiser sur la rondeur de sa poitrine.

— Quelqu'un pourrait nous entendre, murmura-t-elle.

— Dans ce cas, nous serons discrets.

Glissant la main dans son décolleté, il en fit jaillir un sein.

Elle aurait dû lutter pour défendre sa vertu. Ou tout au moins faire semblant de protester.

Quant à lui, il aurait dû être ravagé de culpabilité devant cette trahison à l'égard de sa fiancée. Mais c'était si agréable.

Ce n'était pas une statue, mais une femme vivante. Le genre de femme avec qui un homme pouvait envisager un avenir, avoir une maison remplie d'amour et d'enfants.

Elle eut un petit sursaut lorsqu'il referma les lèvres autour de la pointe dressée, et relâcha son souffle dans un soupir.

Tandis qu'il léchait et suçait délicatement, le pouvoir qu'il avait de l'amener à la vie se mêla à son propre désir. Mais l'amertume vint bientôt remplacer ce sentiment exaltant. Il n'avait aucun droit d'agir ainsi. Il lui volait ce moment, exactement comme les villageois l'accusaient de leur voler leur vie.

— Dites-moi d'arrêter, murmura-t-il contre sa peau.

— Non ! protesta-t-elle dans un souffle. Je veux plus encore.

— Je m'en doutais. Quand je vous ai vue à la fabrique, j'ai su.

Son énergie, sa passion et sa colère étincelaient dans cette morne foule, tel un joyau dans la boue. Elle méritait plus que ce que ce petit village pouvait lui offrir. Elle avait besoin de quelqu'un qui soit au diapason de sa nature.

— Moi aussi, dit-il, je veux davantage. Je veux tout. Et je veux tout vous donner. Tout ce dont vous avez toujours rêvé. Laissez-moi vous libérer.

Il sentit que l'intensité de ses paroles l'effrayait.

Pendant un moment, elle resta figée, n'accueillant ni ne repoussant ses caresses. Puis elle posa les mains sur ses épaules, et se mit à les malaxer, d'un mouvement rythmique et presque douloureux.

Laissant glisser une main le long de sa jupe, il lui souleva un genou, et lui fit poser le pied sur le banc à côté de lui.

Elle le laissa faire.

Pressant les lèvres contre son oreille, il murmura :

— Détendez-vous. Faites-moi confiance. Laissez-moi vous toucher.

Il posa la main sur sa cheville, puis remonta sur la soie de son bas, de plus en plus haut, jusqu'à la soie de sa peau.

Avec lenteur, langoureusement, il taquina le cœur de sa féminité, lui arrachant des soupirs de volupté. Puis il plaqua sa bouche sur la sienne pour étouffer ses gémissements de plaisir tandis qu'il glissait délicatement un doigt dans sa moiteur, butant d'abord contre l'entrée, avant de la pénétrer et d'exercer un lent mouvement de va-et-vient.

Des gens passaient dans le hall, à quelques pas de l'endroit où ils se trouvaient. Ils seraient inévitablement découverts si elle ne parvenait pas à rester silencieuse, et ils le savaient.

Les conséquences seraient dramatiques pour tous les deux. Anne et sa famille s'en iraient, couverts de honte. Ses projets d'avenir s'effondreraient. Quant à Barbara, sa réputation serait à jamais perdue.

Tandis que, transporté de plaisir, le corps de la jeune femme vibrait, la réalité rattrapa Joseph.

Hier encore, il croyait savoir ce qu'il voulait. La richesse, le pouvoir, le respect, la réussite… À présent, il prenait le risque de tout perdre, en jouant à un jeu dangereux avec une femme qu'il connaissait à peine.

Écartant sa main, il observa silencieusement les yeux de Barbara, qui luisaient dans l'obscurité.

Il ne pouvait parler, n'osant lui offrir ni des mots de réconfort ni des mots d'amour.

Elle comprit ce qu'elle voulut dans ce silence, et s'écarta de lui, en remettant de l'ordre dans sa tenue.

— Vous êtes méprisable ! Vous le savez, n'est-ce pas ? Nous aurions pu nous faire surprendre.

— Et vous avez adoré cela. Le risque vous a excitée. Vous avez pris du plaisir. Le jour où vous

vous marierez, c'est à moi que vous penserez en accomplissant votre devoir conjugal.

Elle releva fièrement le menton.

— Vous vous flattez, Mr Stratford.

— Très souvent, admit-il. Mais je suis honnête à ce sujet. Je suis né pauvre. Je n'ai pas de bonnes manières. Mais je suis intelligent et riche. Et je sais que vous me désirez.

— C'est différent de l'amour.

— Sans doute. Mais pas pour vous. C'est un tout pour les jeunes femmes comme vous. Car vous ne pouvez aimer un homme sans le désirer. Et vous ne désireriez jamais un homme sans l'aimer. Au moins un minimum.

— Nous nous connaissons à peine, et vous croyez me connaître.

— Je le crois, en effet. Et ce que je sais me plaît. Mais je souhaite en connaître davantage. Venez dans ma chambre, cette nuit.

Elle secoua vigoureusement la tête.

— Certainement pas. Après ce honteux incident, vous n'avez plus rien à découvrir de moi. À présent, si vous voulez bien vous assurer qu'il n'y a personne dans le hall, j'aimerais me retirer dans le boudoir.

— Réfléchissez…

— C'est tout réfléchi, monsieur. Quant à vous, vous seriez bien inspiré de rejoindre votre fiancée. Même si elle est trop bien élevée pour remarquer votre absence, je suis certaine que d'autres n'auront pas cette délicatesse.

Finalement, elle le bouscula et se précipita dans le hall, sans vérifier la présence éventuelle d'intrus.

Joseph se laissa tomber sur le banc, confus.

Que diable faisait-il ?

La mise au point de Barbara lui avait fait mal, mais il ne pouvait lui en vouloir. Même s'il y avait dans son passé un secret entachant sa vertu, cela ne lui donnait pas le droit de la traiter comme une veuve londonienne expérimentée.

Avoir une maîtresse alors qu'on était sur le point de se marier n'était pas chose inaccoutumée. Mais il n'aurait pu faire de pire choix que celui de Barbara Lampett. C'était croire qu'il avait oublié qui elle était et qui était son père.

Il pouvait s'estimer heureux qu'elle ne se soit pas mise à hurler, mettant ainsi un terme à ses espoirs avec Anne.

Se relevant, il tira sur sa redingote, balaya une trace de poussière sur sa manche avant de se glisser dans le hall.

La grande horloge de parquet indiquait qu'il ne restait plus qu'un quart d'heure avant que minuit ne sonne.

Cela lui laissait amplement le temps de s'enivrer avant de regagner la salle de bal.

Chapitre 11

C'était la troisième fois ce soir que Barbara se cachait.

Cette fois au moins, elle avait choisi comme lieu de retraite le boudoir des dames, ce qui semblait un peu plus digne que de se réfugier dans l'une des cachettes qu'elle affectionnait lorsqu'elle était petite.

L'alcôve lui avait paru une bonne idée quand elle avait voulu s'isoler pour réfléchir à ce qu'elle était certaine d'avoir découvert.

La personne qui s'était mise à pleurer en avisant un innocent baiser de Noël n'était autre qu'Anne. Sa réaction aurait pu être appropriée si elle l'avait surprise dans les bras de Joseph. Mais pourquoi s'était-elle mise dans un tel état pour Robert Breton ?

C'était intéressant.

Et cela laissait à Barbara un léger espoir quant à l'avenir.

Si Joseph faisait sa demande, et qu'Anne refusait… Ou si Mr Breton se dévoilait le premier, comme sa réaction face à la détresse d'Anne pouvait le laisser penser…

Elle était restée assise seule derrière le rideau, évoquant les plus délicieuses pensées, souriant en imaginant la surprise et le soulagement de Joseph.

En dépit de l'avis de son père sur ce sujet, elle lui aurait volontiers apporté son réconfort. Pas ce soir, évidemment. Ils ne se connaissaient pas encore assez. Mais dans les mois à venir, ils pourraient se rapprocher, tandis que son père s'accoutumerait à l'idée…

Puis l'homme dont elle rêvait était arrivé, et tout avait changé.

Elle se regarda dans le miroir, observant ses joues écarlates. Que devait-elle penser de ce qui s'était produit ?

Peut-être cela n'était-il pas aussi grave qu'il y paraissait. Après tout, elle avait conservé sa virginité. Mais, cela serait un mensonge de se considérer comme innocente, désormais.

Un frisson traversa son corps tandis qu'elle évoquait ce souvenir, et elle crispa les doigts sur le bord de la coiffeuse.

Les paroles que Joseph avait prononcées ensuite avaient été brutales, mais terriblement excitantes.

Elle avait essayé de rester détachée, ne voulant pas engager son cœur, au cas où il ne s'agirait pour lui que d'un jeu.

Elle espérait que ça n'était pas le cas. D'autant qu'elle appréciait de plus en plus Joseph.

Sa passion et son enthousiasme pour le travail la fascinaient, et ils étaient tempérés par une gentillesse et une générosité que peu de personnes avaient vues à part elle.

Avec le temps, il finirait par réaliser ses erreurs. Ou peut-être était-ce lui qui avait raison, tandis que son père avait tort.

En tout cas, il faudrait qu'il y ait un compromis pour éviter le désastre, et elle pourrait bien être la seule à pouvoir l'initier.

La porte s'ouvrit dans le dos de Barbara.

En regardant dans le miroir, elle vit qu'Anne Clairemont venait d'entrer.

L'espace d'un instant, la jeune femme lui lança un regard de pure haine. Puis elle comprit qu'elle pouvait être vue, et son expression retrouva sa placidité habituelle.

Sans un mot, elle partit s'asseoir derrière une autre coiffeuse et rajusta ses épingles à chignon. Puis elle se poudra le visage, en insistant sous les yeux pour masquer les traces de ses larmes, jusqu'à ce que son visage affiche une pâleur mortelle.

— Laisse-moi t'aider, proposa Barbara en se levant.

Elle enroula joliment les anglaises laissées libres à l'arrière de son chignon, puis lui pinça délicatement les joues pour y faire monter un peu de couleur.

— Merci, dit Anne, non sans une certaine froideur. Je crains que tu ne me voies pas à mon avantage, ce soir.

— Ce que tu as surpris n'était rien. Mr Breton essayait simplement de se montrer aimable et de respecter la tradition. Mais il n'y a pas d'attirance entre nous. Cela en restera là.

Une lueur s'alluma brièvement dans le regard d'Anne, avant de disparaître.

— Cela n'a pas d'importance, prétendit-elle.

— Je pense que si. Nous pourrions demander la calèche et rentrer, plutôt que de retourner à la réception. Si tu veux, je prétendrai me sentir mal, et tu proposeras de m'aider.

— Non, s'empressa de répondre Anne. Il a neigé, et je vais passer la nuit ici. Toi aussi, d'ailleurs. Ne t'inquiète pas. Tout a été organisé. Ça va aller. Et maintenant, je dois retourner à la salle de bal. Père va se demander ce que je fais. Joseph aussi.

— Mais toi, Anne, que veux-tu vraiment ?

C'était irritant de la voir si malheureuse, déterminée à se diriger vers l'autel, sans vouloir admettre qu'il existait une autre solution.

— Je souhaite que tout le monde soit heureux pour Noël, s'entêta Anne. Quant à ce que je veux, cela n'a aucune importance. De toute façon, ce n'est pas envisageable. Tout ce que nous pouvons espérer, c'est faire le moins de mal possible.

Elle redressa le menton et s'inspecta dans le miroir.

— C'est beaucoup mieux. Merci, Barbara. Maintenant, si tu voulais bien m'accompagner... Je n'ai pas envie de retourner toute seule dans la salle de bal.

Elles se prirent par le bras, et s'engagèrent dans le couloir en discutant aimablement.

Lorsqu'elles entrèrent, quelques regards se tournèrent dans leur direction.

Le père d'Anne eut un hochement de tête approbateur, tandis que Joseph, qui se tenait près des musiciens, tendait la main en signe de bienvenue.

Pendant un bref et déraisonnable instant, Barbara pensa qu'il regardait vers elle, qu'il lui offrait ce geste amical pour l'inciter à approcher.

Puis elle comprit que c'était destiné à la jeune femme à côté d'elle.

Anne se crispa d'une façon imperceptible pour tous sauf pour Barbara. Puis elle afficha un sourire encore plus large qu'à l'accoutumée, et s'avança pour prendre la main de Joseph.

Il s'éclaircit la gorge, attirant l'attention de tous les invités.

Horrifiée, Barbara comprit ce qui allait se passer, en dépit des paroles et des gestes de Joseph à son égard, et du penchant évident d'Anne pour un autre.

— J'ai le plaisir d'annoncer... m'a fait l'honneur... accorder sa main...

La plupart des mots échappèrent à son ouïe. Ce n'était visiblement pas le cas des autres, qui souriaient et applaudissaient poliment.

Une coupe de champagne lui fut tendue par un valet. Elle l'accepta avec un signe de tête absent.

Autour d'elle, les verres furent levés, et des toasts furent prononcés à l'intention de l'heureux couple – car c'était l'image qu'ils offraient.

Juste avant que ses jambes se dérobent sous elle, Barbara fit un pas en arrière, et se laissa tomber sur la chaise installée le long du mur.

Tandis que la musique reprenait, elle avala d'un trait le vin pétillant, qui lui laissa sur la langue un goût de vinaigre.

Chapitre 12

Trop tard. Trop tard. Trop tard.

Cela aurait dû être un triomphe.

Joseph avait fait son possible pour donner satisfaction à ses invités. Il avait convaincu des investisseurs d'adhérer à ses projets professionnels. Il s'était trouvé une épouse pour assurer sa position dans la région. Et son cessez-le-feu avec Bernard Lampett avait duré suffisamment longtemps pour lui éviter tout embarras.

Le fait qu'il ait failli faire de la fille de cet homme sa maîtresse était un détail qui ne souffrait pas d'être observé de près. Cela n'irait pas plus loin, et seul resterait le souvenir du plaisant instant qu'ils avaient vécu dans l'alcôve du hall.

Barbara avait probablement conscience de cela.

Mais il avait vu son regard tourmenté, malgré la légère ébriété dont il était la proie, ayant abusé du brandy pour calmer ses nerfs avant l'annonce.

Même si elle avait déjà expérimenté des choses similaires, elle l'avait autorisé à faire ce qu'il avait fait parce qu'elle l'aimait. Ou tout au moins le croyait-elle.

Il s'était moqué de ses sentiments, les minimisant pour la blesser, puis s'était engagé avec une autre femme quelques minutes après l'avoir quittée.

Il n'était pas fier de ce comportement. Mais il n'avait pas le choix.

Barbara Lampett serait renvoyée au village sitôt les routes redevenues praticables, et demeurerait vieille fille.

Quant à Robert et Anne, même s'ils avaient des sentiments l'un pour l'autre, ils seraient séparés de façon à ce que lui-même puisse faire son chemin dans la société et dans les affaires.

Il se rappela la vague promesse qu'il avait faite au fantôme du cocher, affirmant que les choses allaient changer maintenant qu'il connaissait les problèmes.

Mais, honnêtement, il ne voyait pas ce qu'il aurait pu faire pour que la situation évolue différemment.

Si les visions qu'il avait eues la nuit précédente reflétaient fidèlement la réalité, alors cela ne rendait que plus triste ce qui s'était passé ce soir.

Et il était le seul à blâmer.

Trop tard. Trop tard. Trop tard.

Tandis que son valet préparait ses effets pour la nuit, Joseph écoutait le tic-tac de la pendule, qui semblait scander ces mots à chaque seconde qui s'écoulait.

C'était un miracle que l'homme ait inventé une si claire mesure du passage du temps ; d'une nature que l'on pouvait ressentir au plus profond de soi par des nuits silencieuses comme celle-ci.

Pourtant, il n'avait pas besoin de cette évocation de sa propre mortalité. Dieu sait que son père s'en était occupé récemment.

Et le visiteur de ce soir serait le pire de tous. Car il n'y avait pas de raison que le futur soit plus heureux que ce qui lui avait déjà été montré.

Mais il était déjà trois heures. Peut-être n'y aurait-il pas de troisième visiteur, finalement…

Les contours de la chambre parurent s'assombrir tandis qu'un froid intense s'abattait sur la pièce.

C'était le revenant qui se présentait à lui, Joseph en était sûr. Et il n'avait pas envie de voir ce qu'il lui réservait.

Certes, il avait commis une erreur, mais il n'y avait rien là d'inhabituel. Il en avait fait beaucoup depuis vingt-cinq ans.

Il est vrai que la dernière en date était irrévocable. Il allait épouser une femme qu'il n'aimait pas, et il s'amusait avec une autre qu'il aimait.

Qui plus est, il bouleversait une communauté déjà fragile, avec l'arrogante assurance que ses plans arrangeraient tout si on lui laissait le temps.

Mais à présent, il lui semblait que seule sa propre mort pourrait mettre un terme à ce qui avait été commencé. Il ne savait pas s'il allait être tué par son visiteur nocturne, ou poussé au suicide devant la sombre vision de l'avenir qu'on lui présenterait.

Trop tard.

Son valet se retira en silence, le laissant seul.

Joseph s'assit sur le bord du matelas, attendant la fin, écœuré par sa propre lâcheté.

Peut-être le plan de son père était-il qu'il accepte humblement le jugement de cette dernière nuit.

Mais il y avait forcément quelque chose qu'il pouvait faire.

Peut-être était-il passé à côté d'un élément qui aurait pu lui permettre de comprendre les habitants de ce village, et plus particulièrement les femmes.

Quand Lady Clairemont avait annoncé qu'ils passeraient la nuit au manoir, plutôt que d'affronter le mauvais temps, il avait demandé si c'était elle qui avait proposé que Barbara reste également. Cela lui avait valu un regard de froide hostilité que ne justifiait pas cette simple question.

S'il vivait ce soir ses dernières heures, il ne saurait jamais la vérité.

Il ne connaîtrait pas non plus la femme qui dormait non loin de là, dans la plus petite des chambres d'invités.

Il avait le choix entre attendre l'ange de la mort lui-même, ou aller retrouver Barbara et la faire sienne.

Jamais il n'aurait de meilleure opportunité que

celle-ci, il en était certain. S'il était déjà damné, un péché de plus n'y changerait rien.

Il ne voulait pas passer à côté de cette chance, et partir en laissant croire à Barbara qu'il ne ressentait rien.

Il se leva, ôta sa chemise, et enfila un peignoir sur son corps nu.

Puis il ouvrit la porte et traversa le couloir pour sceller son destin.

Chapitre 13

La soirée avait été épouvantable, et Barbara s'en souviendrait toute sa vie.

Chaque fois qu'elle verrait l'heureux couple formé par les maîtres du manoir de *Clairemont*, son cœur se serrerait, et elle se demanderait ce que Joseph se rappelait et ce qu'Anne savait. Et si cette brève étreinte avait signifié quelque chose.

Il y avait aussi Robert Breton, qui n'avait pas eu le courage de barrer la route à Joseph et d'avouer au grand jour ses sentiments pour Anne.

Elle espérait qu'il s'en retournerait à Londres, plutôt que de continuer à hanter la région. S'il restait, elle craignait qu'ils ne deviennent amis, et passent de longues journées à se lamenter sur la vie qu'ils auraient pu avoir. Peut-être même se marieraient-ils et connaîtraient la même union sans passion que partageaient Joseph et Anne.

Pourquoi ne pouvait-elle pas tout simplement retourner à sa solitude d'avant ? Cela serait tellement plus simple.

Un coup fut frappé à sa porte.

Elle s'assit dans le lit, et remonta les couvertures sous son menton.

Ce n'était pas le grattement d'une domestique, ni le tapotement léger d'Anne venue lui faire la conversation avant de dormir.

Non, c'était le ferme tambourinement du maître de maison. Il attendait sur le seuil, sans doute prêt à l'appeler à haute voix, ce qui pourrait réveiller un invité, ou alerter un domestique.

Elle repoussa les couvertures, traversa précipitamment la pièce et ouvrit la porte, avant que cela ne tourne à la catastrophe.

— Que faites-vous là ? demanda-t-elle à voix basse pour ne pas attirer l'attention.

— Je viens chercher des réponses.

— Comme si vous en aviez besoin. Si vous voulez absolument me parler, faites-le demain, au petit déjeuner.

De préférence en présence de chaperons, pour éviter qu'elle ne fasse de nouvelles folies.

— Je n'ai pas le temps d'attendre demain.

Comme d'habitude, il ne pensait qu'à lui.

— Ne parlez pas si fort, dit-elle. On va vous entendre.

— Si vous ne voulez pas attirer l'attention, vous feriez mieux de me laisser entrer.

Elle le saisit par le col, l'attira à l'intérieur de la chambre et referma la porte.

Déjà, elle regrettait de l'avoir touché, car elle avait l'impression que sa main brûlait.

Et à présent, il était devant elle, l'empêchant d'avancer, tandis qu'elle avait le dos plaqué contre la porte, ce qui n'était pas sans lui rappeler ce scandaleux moment dans l'alcôve du hall.

— Que voulez-vous ?

— Dites-moi ce qui s'est passé ici.

— Je vous demande pardon ?

— Ici. Dans cette communauté. Avant mon arrivée. Je dois tout savoir sur les gens d'ici, avant de pouvoir passer à l'étape suivante.

Barbara écarquilla les yeux. C'était tellement éloigné de ce qu'elle s'attendait à entendre.

— Vous voulez savoir maintenant, après vous être installé ici, avoir construit et dépensé des sommes folles pour parvenir à vos fins, ce que les gens en pensent ?

— Je sais ce qu'ils en pensent. Ça ne leur plaît pas. Mais, de toute façon, ils sont opposés à tout changement. Ce n'est pas de cela que je parlais, et vous le savez très bien.

— Pas du tout.

— Parlez-moi de Mary. Parlez-moi de l'incendie de la filature. Et de l'accident de votre père. Aidez-moi à comprendre.

— Comprendre quoi ?

Elle le bouscula et se dirigea vers le lit.

— Il n'y a rien à comprendre. Bonne nuit, Mr Stratford.

Elle se glissa dans le lit, se tourna sur le côté, et remonta les couvertures sur elle.

Qu'il s'en aille, c'était tout ce qu'elle voulait.

Mais il ne partit pas.

Elle sentit son poids faire ployer le matelas tandis qu'il s'asseyait.

— Dites-moi.

— Vous êtes cruel de venir ici et de m'obliger à ressasser une nuit comme celle-ci.

— Barbara.

Il posa une main sur son épaule, et elle en ressentit le poids et la chaleur.

— Dites-moi la vérité. Je ne veux pas que vous me cachiez des choses.

— Parce que vous ne m'avez rien caché, peut-être ? Comme votre mariage avec Anne. Si vous cherchez une femme pour partager votre lit, allez la retrouver et laissez-moi tranquille.

— Ce n'est pas ce que je suis venu chercher. En tout cas, pas uniquement. Je veux tout savoir de vous.

Il paraissait si sincèrement intéressé que Barbara faillit se laisser fléchir.

— Pourquoi les Clairemont sont-ils si froids avec vous ?

Il s'étendit derrière elle sur le matelas, passa le bras en travers de sa taille, et enfouit son visage dans ses cheveux.

Il ne s'en irait pas tant qu'elle ne lui aurait pas tout raconté. Elle en était certaine.

Si elle devait lui dire la vérité, ce serait plus facile

pendant qu'elle serait dans ses bras, prétendant que la force de Joseph était la sienne propre.

— Parce que j'ai tué leur fille, il y a six ans, à Noël. C'est ma faute si Mary est morte. Ils me détestent, et je les comprends.

Il ne s'écarta pas. Au contraire, il l'attira plus étroitement contre lui et posa les lèvres sur sa nuque.

— Vous avez dit qu'elle était malade.

— Oui. À cause de moi. Mon amie Mary est morte de la grippe. Nous étions les meilleures amies du monde, et nous passions tout notre temps ensemble. Quand je suis tombée malade, elle m'a apporté du potage et de l'os à moelle pour me fortifier. Elle m'a fait la lecture… Puis elle est tombée malade à son tour, et elle en est morte.

— Vous vous l'êtes reproché ?

— Pas au début. Mais Mr Clairemont est venu voir mon père et ils se sont disputés. Je les ai entendus. Le père de Mary a dit que c'était moi qui aurais dû mourir. C'était horrible. Après cela, nous n'avons plus été les bienvenus au manoir.

— C'était injuste, dit Joseph. Mais, d'après ce que je sais de Mr Clairemont, ce n'est guère surprenant.

— Il faut le comprendre. C'était une épreuve terrible pour lui. Il a fait ôter toutes les décorations de la maison, et ce qui devait être le repas de Noël a été servi pour les funérailles.

Elle soupira, émue.

— Depuis ce jour, il n'y a plus eu de fête au

manoir. Et puis, peu à peu, il a perdu le contrôle de ses affaires. Mr Mackay lui louait les terrains, mais il avait du mal à vendre ses étoffes. Il a acheté de nouveaux métiers mécanisés pour économiser de l'argent. Mais ça s'est fait au détriment des ouvriers.

— Si Clairemont avait été intelligent, il l'aurait compris avant que ça tourne mal.

— Vous avez peut-être raison. Quoi qu'il en soit, père a essayé de l'aider. Malgré leur différend, il a tenté de sauver la filature avec les amis de Mr Clairemont. Il a été assommé par une poutre que l'incendie avait détachée de la charpente. Il est resté inconscient pendant trois jours. Nous étions persuadés qu'il allait mourir. Et à présent…

— Son esprit est confus, termina Joseph. Et il en veut à tout le monde.

— La seule responsable, c'est moi. Si Mary n'était pas morte…

— Vous n'y êtes absolument pour rien, et je vous dois des excuses. J'ai pensé qu'il s'agissait de tout autre chose. Une histoire de soupirant, peut-être.

— Il n'y a jamais eu personne.

Elle prit une profonde inspiration pour se donner du courage.

— Sauf vous.

Il resta immobile derrière elle.

— Je n'aurais jamais agi comme je l'ai fait si je l'avais compris.

— M'avez-vous prise pour une fille perdue ?

dit-elle en se retournant brusquement pour lui faire face.

— Non ! Bien sûr que non.

Peut-être aurait-ce été préférable. Si elle avait déjà chuté, elle saurait comment faire à présent. Elle saurait comme le rendre heureux et le faire rester.

Sans réfléchir, elle posa les lèvres sur le lobe de son oreille, puis sa joue, frôlant le duvet sombre de sa barbe tout le long de sa mâchoire.

Il semblait épuisé, et elle se souvint qu'il lui avait confié avoir du mal à dormir. Ce devait être vrai, car il était plus de trois heures du matin, et il était toujours éveillé et inquiet pour elle.

Quoi qu'il ressente à son égard, il avait besoin d'un réconfort qu'elle seule pouvait lui donner.

Écartant les couvertures qui les séparaient, elle tira sur la ceinture de son peignoir et, soudain, elle se retrouva à partager son lit avec un homme nu.

Bien que ce fût sa décision, elle découvrit qu'elle avait peur de le regarder. Elle fixa donc ses yeux, et y vit de la tristesse, ainsi qu'un peu dc crainte.

— Quoi qu'il arrive, murmura-t-il, je suis à vous jusqu'à la mort. Comprenez-vous cela ? Et ça me fait peur. Parce que je sais que je vais vous faire souffrir.

— Jamais.

C'était un nouveau mensonge, bien sûr. Mais elle avait envie d'y croire, juste pour ce soir.

— Voulez-vous m'aider à enlever ma chemise ? Car je crois que je voudrais sentir…

Les épaules de Joseph furent secouées par un rire tandis qu'il soulevait l'ourlet de son vêtement de nuit.

— Faire l'amour à une lady ressemble donc à cela ? Des « s'il vous plaît » et des « merci » ? Je vais vous donner une raison de prononcer ces mots.

Lorsqu'il eut achevé de la dévêtir, il la repoussa un moment afin de l'admirer.

— Vous avez froid ? demanda-t-il en la voyant frissonner.

— Un peu.

— Je vais arranger cela.

Au début, ses lèvres se pressèrent innocemment sur son front. Puis elles glissèrent sur son visage, dessinant un chemin de baisers sur ses paupières et ses joues, avant de se poser sur sa bouche.

Ce n'était pas précisément chaste, mais ce n'était pas non plus passionné.

Entrouvrant les lèvres, elle prit l'initiative de glisser la langue dans sa bouche, l'embrassant aussi fiévreusement qu'il l'avait fait dans l'alcôve.

Être avec Joseph était plus que de la passion. C'était une solution, une réponse, l'ouverture d'une porte fermée. C'était juste, quoi que lui dicte sa conscience.

Ils s'interrompirent pour reprendre leur souffle, et il lui caressa la joue du bout des doigts.

— Pourrai-je rester avec vous jusqu'à l'aube ? demanda-t-il.

— C'est ce que je souhaite, admit-elle.

Elle avait atteint le point de non-retour, en disant à voix haute qu'elle le désirait.

D'un geste audacieux, elle fit courir sa main sur son torse puissant, descendit vers son ventre aux reliefs merveilleusement dessinés, mais contourna son sexe, effrayée d'aller plus loin que cela.

Prenant une profonde inspiration, elle dit ce qu'elle avait au fond de son cœur.

— Je veux vous montrer ce que je ressens. Quoi qu'il se passe demain, ou dans un proche avenir, vous devez savoir que je vous aime.

— Vous me connaissez depuis si peu de temps que vous ne pouvez être sûre de la véracité de vos sentiments.

— Je le sais fort bien. Et je sais aussi que vous ne voulez pas de mon amour. Mais je crois qu'il est important que vous entendiez la vérité. Vous ne m'aimez pas, mais je vous aime.

— Vous ne devriez pas.

— Je ne peux pas m'en empêcher.

Tandis qu'elle se calait contre les oreillers et fermait les paupières, il se tourna vers elle et passa une jambe en travers de sa hanche.

Au contact de sa peau, elle sentit son corps s'éveiller. Une renaissance.

Malgré le danger pour sa réputation et pour son cœur, elle se sentait en sécurité, et plus certaine de son amour que jamais.

Elle devait avoir été créée pour lui, et lui pour elle. Sinon, pourquoi leurs corps s'épouseraient-ils avec une telle perfection ? Pourquoi réagiraient-ils aussi instinctivement ?

Elle pouvait le sentir, dur entre ses cuisses, et ses hanches allèrent à sa rencontre tandis que le cœur de sa féminité, humide et palpitant, n'attendait que de l'accueillir.

L'acte d'amour, qui lui avait semblé des plus étranges, lui paraissait à présent la chose la plus naturelle et la plus juste au monde.

Alors elle fut sûre.

Elle voulait cela. Elle voulait Joseph. Elle voulait être sienne, même si ce ne devait être que pour une seule nuit.

Longuement, ils s'abreuvèrent de caresses, dont certaines d'une audace folle, se découvrant et découvrant les plus exquises sensations.

Puis il se cabra au-dessus d'elle, et elle fut surprise par son expression. C'était comme s'il était devenu un homme différent.

Il n'y avait plus trace de dureté en lui, rien d'effrayant ou de distant. Ses défauts s'étaient fondus en une éruption d'énergie triomphante, ne restait plus que la paix et le désir.

Lorsqu'il la pénétra, elle ne souffrit pas, ne ressentant qu'un léger inconfort, vite effacé par la joie exaltante que Joseph faisait naître en elle.

Le lien qu'elle ressentait envers lui n'était pas seulement physique. Ils travaillaient ensemble vers un but commun, et elle essayait d'aller où il voulait l'emmener, certaine qu'il y aurait à l'issue de ce voyage un plaisir immense pour tous les deux.

Tout était vivant en elle, chaque centimètre de sa peau. Il n'y avait aucune sensation comparable à celle-ci. Aucun mot pour la décrire.

C'était comme l'arrivée du printemps, emplie de promesses. La fonte des neiges, le chant des oiseaux, le réveil de tout ce qui dormait…

Soudain, ce fut comme si le monde basculait dans un vertige de sensations éblouissantes, et qu'elle perdait tout contrôle.

Et, dans cette confusion, Joseph était avec elle, il la tenait, il ressentait la même chose.

Puis, agité par un spasme violent, il poussa un cri rauque, et s'étendit sur elle. Même s'il était puissamment bâti, il semblait ne rien peser, la couvrant comme un bouclier, lui tenant chaud.

Il faisait partie d'elle, maintenant, et cela continuerait même après leur séparation.

Il s'écarta pour attraper les couvertures au pied du lit, et les rabattre sur eux, avant de la serrer étroitement contre son corps.

Blottie contre lui, encore frissonnante, elle posa la tête sur son torse, se demandant déjà quand ils se reverraient.

— Je devrais y aller, murmura Joseph.

Barbara ne dormait pas vraiment et n'était pas tout à fait réveillée, se trouvant à la limite du monde réel et du rêve, là où tout était possible.

Les mots de Joseph la ramenèrent brutalement à la réalité.

Elle n'avait pas envie qu'il parte. Mais il était peut-être préférable de le faire maintenant, pendant qu'ils étaient encore heureux, plutôt que d'attendre trop longtemps, risquant ainsi de voir leurs sentiments changer.

— Vous devriez, approuva-t-elle. Mais je n'ai pas envie de vous perdre. Pas tout de suite.

Elle se retourna dans ses bras, de sorte que son dos soit plaqué contre le torse de Joseph, découvrant une autre façon d'être blottie contre lui.

— Je ferai en sorte d'avoir regagné ma chambre avant que la maisonnée ne s'éveille au matin. Je guetterai la sonnerie de l'horloge. Il est déjà plus de quatre heures. Finalement, il n'est pas venu.

Il se mit à lui caresser les cheveux. Ses mouvements se firent de plus en plus lents, et il finit par s'endormir.

Avant de se laisser emporter à son tour par le sommeil, Barbara se demanda qui il attendait.

Chapitre 14

Le lendemain matin fut semblable à toutes les visites d'antan au manoir, même si un autre homme en était propriétaire.

Les invités encore ensommeillés se rassemblèrent dans la salle du petit déjeuner, où furent servis des œufs brouillés, du bacon, des toasts et de la marmelade.

Tout le monde discutait aimablement, sauf leur hôte.

Assis à la place d'honneur, Joseph buvait café sur café, en affichant une tête épouvantable. S'il avait dormi, cela ne se voyait pas du tout. Sa peau était grise, et il était mal rasé.

Barbara avait envie de le rejoindre, de couper la nourriture sur son assiette et de le nourrir avant de le renvoyer au lit.

Mais ce n'était pas à elle qu'il revenait de faire cela. C'était à Anne.

Aucune indication de ce qui s'était passé entre eux ne devait filtrer, pas même leur fatigue commune.

Elle avait donc fait un effort pour paraître pimpante, afin que personne ne s'interroge sur son apparence.

De toute façon, c'était une fatigue heureuse, et elle devait se retenir de sourire de crainte d'éveiller la suspicion.

Puis Joseph était arrivé. Et, plus elle passait de temps en sa compagnie, plus elle se sentait mal.

Elle se mit à écouter l'horloge scander l'écoulement rythmique du temps, se nourrissant mécaniquement, et aspira à quitter la pièce.

Le matin était venu, et tout avait changé. Ou plus exactement, tout se déroulait comme s'il ne s'était rien passé entre eux.

Joseph était là au petit déjeuner, accueillant ses invités, et s'assurant que personne ne manquait de rien. Mais il n'avait aucune attention particulière pour elle.

Il lui demanda seulement si elle avait bien dormi, sans un clin d'œil ou un sourire entendu.

Elle répondit poliment, veillant à ne pas se montrer trop froide afin de ne pas donner l'impression que les relations étaient tendues entre sa famille et lui.

Puis il tourna son attention vers Anne, et fit l'effort de lui sourire, et de lui demander si la nourriture était à sa convenance.

S'obligeant à ne pas les fixer, Barbara porta sa tasse de thé à ses lèvres. Ce faisant, elle croisa le regard de Robert Breton. Son expression était semblable à la sienne, neutre et impassible. Il montrait le même entêtement qu'elle à paraître désintéressé par ce qu'il se passait à l'autre bout de la table.

— Participerez-vous aux activités de la semaine, Miss Lampett ? demanda-t-il poliment.

— Je ne sais pas encore. Lorsque je suis arrivée, je ne m'attendais pas à passer plus d'une soirée au manoir. Si je pouvais retourner au village… avec un domestique, peut-être…

Elle portait toujours sa robe de bal, n'ayant pas d'autre tenue, et se sentait encore plus mal à l'aise et déplacée au milieu des invités, qui s'étaient tous changés.

— Oh ! reste, s'il te plaît, demanda Anne. Tes patins à glace sont toujours là, du temps où tu venais à la maison. Et tu peux aussi te servir dans les anciennes affaires de Mary.

Lady Clairemont lui lança un regard sévère, et Anne baissa la tête.

— Oui, restez, je vous en prie, insista Joseph. Je n'accepterai aucune excuse.

Il avait fait cette proposition mécaniquement, sans même la regarder.

— Non merci, dit-elle d'une voix aussi douce que possible. Je vous remercie pour votre offre généreuse, mais je dois retrouver mes parents. J'ai passé une merveilleuse soirée, et je suis très heureuse que vous m'ayez invitée.

— Très bien, dans ce cas, dit Joseph sans insister davantage. Je vais faire avancer une calèche.

Tandis que les invités continuaient à discuter,

sans lui prêter attention, Barbara quitta la table pour aller se réfugier dans sa chambre. Elle n'avait pas d'effets à rassembler avant son départ, mais l'intimité d'une porte fermée lui permettrait au moins d'éviter d'embarrassantes conversations.

Mais, là non plus elle ne fut pas seule.

Quand elle entra, Barbara fit sursauter la servante qui était venue faire la chambre. C'était la plus jeune fille des Stock, qui vivaient non loin du cottage des Lampett, et elle était occupée à observer les draps froissés et tachés de sang.

Elle offrit une brève révérence, et marmonna une excuse pour le dérangement. Mais elle avait un petit sourire en coin, comme si elle se délectait par avance des informations qu'elle allait pouvoir colporter.

Barbara faillit lui expliquer qu'elle avait été surprise par ses menstruations et avait passé une nuit agitée à cause des maux de ventre, mais la servante se précipitait déjà hors de la chambre.

Le mal était fait. Mais, avec un peu de chance, la rumeur ne sortirait pas du cercle des domestiques, et sa réputation n'aurait pas à en souffrir.

Elle jeta un dernier regard à la chambre, se rappelant combien elle y avait été heureuse, même brièvement. Pour quelques heures, elle avait appartenu à un homme.

À présent, elle devait rentrer chez elle et oublier ce moment, comme elle en avait déjà oublié tant d'autres.

Certaine qu'elle ne reviendrait plus au manoir, tant une nouvelle visite lui serait insupportable, elle partit faire ses adieux à la galerie des portraits et à la salle de bal.

Passant devant l'alcôve du hall, elle ne put s'empêcher d'écarter le rideau, pour jeter un dernier regard à cette cachette de son enfance, qui abritait désormais son plus beau secret.

Il y eut un petit cri de surprise, un froissement de vêtements, et elle vit un couple qui se séparait à la hâte.

— Je suis désolée, dit-elle. Je ne savais pas.

Laissant échapper un juron, Mr Breton se déplaça devant Anne, comme s'il était encore possible de la masquer à la vue de Barbara. Puis il se passa la main dans les cheveux, dans un effort pour se ressaisir.

— Je suis navré que vous ayez été témoin de mon scandaleux comportement, Miss Lampett.

Il se tourna pour s'incliner devant Anne.

— Et que vous ayez eu à en souffrir, Miss Clairemont. J'ai agi de façon totalement déplacée, emporté par un excès d'alcool.

Il regarda Barbara, en sachant qu'elle l'avait vu parfaitement sobre à la table du petit déjeuner, moins d'une demi-heure auparavant.

Il eut alors un petit haussement d'épaules impuissant.

— Mon destin est entre vos mains, Miss Lampett. Tout comme l'honneur d'une lady.

Il eut une petite moue contrite, attendant la réaction de Barbara. Voyant qu'elle restait silencieuse, il reprit :

— Bien que je ne souhaite pas que ce qui s'est passé ici soit divulgué, je ne peux exiger de vous que vous gardiez le secret. Sachez que je quitterai la maison de Mr Stratford aussitôt le nouvel an passé, et que je resterai à Londres. Il n'y aura pas d'autre incident.

Sur ces mots, il s'éloigna prestement.

À peine eut-il disparu au bout du couloir qu'Anne se précipita pour prendre les mains de Barbara.

Sa douceur indifférente et son sourire apathique avaient disparu.

— S'il te plaît, Barbara. Je t'en supplie. Ne dis rien à Joseph. Je sais que je n'ai pas le droit de te demander ton aide. Ma famille t'a traitée de façon odieuse, pour quelque chose dont tu n'étais pas responsable. Mais, s'il te plaît, ne dis rien.

Pendant un moment, la femme glaciale qu'était devenue Anne se mit à ressembler à sa sœur disparue. C'était une personne humaine, avec des désirs et des envies. Une personne capable de commettre des erreurs.

Il y avait déjà tellement de choses que Barbara taisait. Pourquoi aurait-elle parlé de cela ?

— Je n'ai rien vu, Anne. Et je n'ai donc rien de spécial à rapporter à qui que ce soit. Mais pour une fois, ne peux-tu être honnête ? Était-ce entièrement de sa faute ? Ou bien, y a-t-il des sentiments de part et d'autre ?

Et Anne, d'ordinaire si réservée et maîtresse d'elle-même, éclata en sanglots et se jeta dans ses bras.

Barbara regarda autour d'elle, et fut soulagée de voir qu'il n'y avait personne pour assister à cette scène. Puis elle attira Anne dans l'alcôve, et la fit s'asseoir à côté d'elle sur le banc, en laissant le rideau entrebâillé pour qu'un peu de lumière pénètre dans leur cachette.

— Et maintenant, dis-moi la vérité, insista-t-elle. L'aimes-tu, ou non ?

Anne acquiesça, d'un hochement de tête hésitant.

— Il s'en va. Il en avait déjà parlé avant que tu nous surprennes. Et maintenant, c'est décidé.

Barbara fut surprise. Elle pensait à Joseph – le seul homme dont l'avenir l'intéressait. Elle se corrigea aussitôt.

— Tu perdras Mr Breton si tu ne romps pas tes fiançailles.

— Mais, je ne peux pas.

Anne leva vers elle ses yeux bleus noyés de larmes.

— Je suis la seule fille qui reste. Tout le monde attend de moi que je fasse ce qui convient. Joseph veut une maîtresse de maison pour le manoir. Mon père veut de nouveau y avoir ses entrées. Il préfère y revenir en tant que beau-père, plutôt que de s'accoutumer à sa nouvelle demeure.

Pendant un instant, il y eut une amertume inhabituelle dans sa douce voix.

— Personne ne s'intéresse à ce que je veux.

Elle soupira.

— J'ai pensé, puisque je n'éprouvais pas de dégoût pour Joseph, que cela pourrait fonctionner. Et puis, j'ai fait la connaissance de Robert.

Son visage s'illumina tandis qu'elle serrait les mains de son amie.

— Oh ! Barbara, je ne savais pas que l'amour ressemblait à cela. Il est tellement merveilleux. Je suis si heureuse quand je suis avec lui… Et maintenant, il va partir.

Elle se remit à pleurer, et Barbara ne trouva rien d'autre à faire que de lui offrir son épaule, et de lui tapoter maladroitement le dos.

Cela réconforterait-il Anne de savoir que son futur mari ne l'aimait pas non plus ?

Probablement pas. Même si elle ne s'attendait pas à ce que ce fût le cas, Anne n'apprécierait sans doute pas d'apprendre le désintérêt total de Joseph à son égard, ni sa trahison avec une de ses vieilles amies.

En outre, l'amour n'était pas la raison de ce mariage, et rien de ce que Barbara pourrait dire ne changerait les ambitions des Clairemont.

— Allons, allons, dit-elle sans parvenir à se montrer véritablement chaleureuse.

La réussite d'Anne engendrerait fatalement

son échec. Mais elle ne voyait pas comment la convaincre de rompre.

— Cela t'aiderait-il si je parlais pour toi à Mr Stratford ? demanda-t-elle d'un ton prudent.

— Non !

Anne lui agrippa le bras.

— Tu ne dois pas. Il serait furieux. Et mon père aussi.

Selon Barbara, ce n'était pas tout à fait vrai.

Lord Clairemont serait certes contrarié de voir ses projets détruits, mais elle doutait que Joseph fût affecté par l'annulation de son mariage.

Durant le peu de temps qu'ils avaient passé ensemble, il n'avait rien dit contre Anne. Il n'avait parlé d'elle ni en mal ni en bien. Et elle était certaine qu'il ne dirait pas un mot sur la fin de ses fiançailles.

— Comme tu voudras, fit-elle. Je ne dirai rien.

Anne lui sourit entre ses larmes.

— Tu es si bonne, si gentille. Je suis désolée de ne pas t'avoir soutenue, alors que ma famille te traitait si mal. Je ferai tout pour t'aider, à l'avenir.

— Je ne ferai rien pour te causer du tort, c'est promis. Et si je peux trouver un moyen de t'aider également, je le ferai.

— Merci, dit Anne en se tamponnant les yeux avec son mouchoir.

— Miss Lampett ?

Mrs Davy, la gouvernante, s'époumonait depuis le fond du couloir.

— La calèche est prête à vous conduire au village. Richard dit qu'il faut partir maintenant, ou les routes vont se transformer en marécages.

Sans un mot de plus, Barbara laissa retomber le rideau en place, prétendant qu'elle était seule.

— Bien sûr. Je suis prête.

Elle se hâta de gagner l'avant de la maison. Était-elle vraiment obligée de faire ses adieux à son hôte ?

Elle décida que ce n'était pas nécessaire. Il savait très bien ce qu'elle ressentait, et les raisons pour lesquelles elle avait décidé de partir.

— Vous saluerez Mr Stratford de ma part, dit-elle poliment à la gouvernante.

— Ce ne sera pas nécessaire, Miss Lampett. Il vous attend.

— Oh ! fit-elle d'une voix faible, en s'efforçant de ne pas trébucher tandis qu'elle se dirigeait vers la porte.

Joseph attendait sur le perron, l'air morose. Quelques flocons s'accrochaient à sa chevelure sombre.

Barbara lui adressa un signe de tête, en essayant de ne pas montrer la crainte qu'elle avait d'être empêchée de partir.

S'il révélait ne fût-ce qu'un sentiment sincère, elle était tout à fait capable de revenir sur sa décision et de retourner docilement dans sa chambre.

— Je suis venue vous saluer, dit-il d'un ton neutre.

— Ce n'était pas nécessaire.

— Je suis votre hôte. Ce sont des choses qui se font. Les gens se poseraient des questions, sinon.

— Eh bien, je vous remercie pour votre hospitalité, répondit-elle.

— Eh bien, vous pouvez y aller, rétorqua-t-il d'un ton bougon. Puisque c'est ce que vous souhaitez.

— Je n'ai pas de raisons de rester.

Il soupira, laissant apparaître une faille dans son armure.

— Et cependant, je n'ai pas envie que vous partiez.

C'était au moins dit avec une certaine tendresse, comme s'il le pensait vraiment.

— Vous savez bien qu'il le faut. Il n'y a rien pour moi ici.

Il posa la main sur son bras.

— Il reste encore cette nuit.

— Vous croyez, à cause de la nuit dernière, que je vais vous autoriser à continuer de me retrouver en secret ?

— Il n'y a pas d'autre solution. Je ne peux pas désavouer Anne.

Et voilà, il l'avait dit, finalement. Il ne voulait pas faire de mal à Anne, mais cela ne le dérangeait pas de lui en faire à elle, qui était beaucoup moins protégée que la fille de la plus honorable famille de la région.

— Vous êtes horrible, dit-elle.

Si, la veille, ses caresses lui avaient paru merveilleuses, le contact de sa main lui était maintenant insupportable. Cela lui donnait envie de pleurer.

Elle se libéra d'un mouvement brusque.

— Vous avez dit que vous m'aimiez, fit-il d'un ton où planait presque un reproche.

— Et vous ne m'avez rien déclaré de tel. Vous n'avez même pas fait l'effort de me mentir.

Elle céda à la colère et se mit à élever la voix.

— J'ai été stupide de le dire, et stupide de le ressentir. Car vous n'êtes pas digne de confiance. Vous êtes égoïste et cruel, exactement comme mon père a essayé de me le faire comprendre.

— Ce n'est pas ce que vous croyez.

— Oh ! Vraiment ? Vous vous servez de moi, et vous allez en épouser une autre.

— Vous rejoindre dans votre chambre n'était pas mon intention au début. Mais je ne pouvais pas rester seul dans la mienne, à attendre la fin.

— La fin ? C'est un peu mélodramatique, Mr Stratford. Je suppose que vous allez me dire ensuite que vous avez peur du noir.

Elle ricana, en espérant qu'il serait blessé, afin qu'il puisse ressentir ce qu'elle-même éprouvait.

Sa réaction fut étrange, entre surprise et panique. Comme si elle avait découvert la vérité.

— C'est cela ? Vous avez peur de dormir dans

une chambre plongée dans l'obscurité ? Vous vous êtes servi de moi pour résoudre votre problème.

Elle frissonna.

— C'est tout ce que j'ai été pour vous ? Une bouillotte pour votre lit, et une chandelle par une nuit noire ?

— C'était beaucoup plus que cela, affirma-t-il.

Mais il persistait à ne pas en dire davantage.

— J'ai ruiné ma réputation dans l'espoir qu'il y avait un peu d'affection de votre part, mais ça aurait pu être n'importe qui d'autre à ma place.

Sans attendre son aide, elle se hissa dans la calèche, et tenta de refermer la portière.

— Barbara, attendez !

— J'ai déjà attendu trop longtemps.

— Ne me quittez pas.

Il semblait plaintif à présent, comme s'il redoutait vraiment de passer une autre nuit tout seul.

— Ce soir, vous n'aurez qu'à aller chercher du réconfort auprès d'Anne. Ce serait logique. Je suis sûre que vous avez beaucoup de choses à vous dire.

Elle se mordit la langue, pour retenir la choquante révélation qu'elle brûlait de faire.

— Mais bien sûr, vous ne le ferez pas, n'est-ce pas ? C'est une lady, et elle mérite mieux que d'être traitée comme une femme de petite vertu. Et moi ? J'étais aussi une lady. Mais, depuis que vous avez disposé de moi, je ne suis plus rien. Au revoir, monsieur.

Elle s'assit en regardant droit devant elle, ignorant sa présence, et il claqua la portière en jurant, avant d'ordonner au cocher de partir.

Chapitre 15

Qu'avait entendu le cocher, précisément ? se demanda Barbara, tandis qu'elle drapait le plaid de voyage sur ses jambes, et resserrait son châle autour de ses épaules.

Qu'avaient deviné les domestiques ?

En discutant entre eux, ils mettraient bout à bout les bribes de conversations et de disputes qu'ils avaient glanées çà et là, et le secret qu'elle partageait avec Joseph n'en serait plus un.

La tragédie concernant Mary avait occupé les esprits pendant un moment. Le destin n'était pas seul responsable. Lampett n'aurait pas dû autoriser de visites prolongées dans la chambre d'une malade, même s'il n'avait pas pensé à mal.

À présent, elle serait considérée comme une catin.

Les gens ne trouveraient rien à redire sur Joseph, car c'était un homme, et on ne pouvait pas en attendre moins de lui. En outre, il n'était pas du village, et il avait déjà mauvaise réputation.

Mais tout le monde s'accorderait à dire qu'elle aurait dû faire preuve de plus de retenue, et la société la punirait pour ce comportement scandaleux. Les femmes refuseraient de lui parler, et elles éviteraient également sa mère. Son père, s'il y comprenait quelque chose, serait dévasté.

Elle serait obligée de partir.

Dès qu'elle aurait la certitude qu'elle n'attendait pas d'enfant, elle chercherait une place de dame de compagnie. Et si elle se jetait aux pieds du vicaire, en implorant sa pitié, peut-être lui écrirait-il une lettre de recommandation.

Même Lord Clairemont pourrait envisager de l'aider, s'il avait l'assurance que son but était de s'éloigner de Fiddleton et de ne plus jamais y revenir.

Ses parents auraient le cœur brisé par son départ, mais sa mère comprendrait ses raisons.

La calèche s'arrêta devant le cottage, et le cocher l'aida à descendre, paraissant surpris qu'il n'y eût pas de bagages. Elle le remercia, et s'engagea dans l'allée, sans se retourner.

Sa mère sortit précipitamment du salon en l'entendant entrer.

— J'ai envoyé ton père à la boulangerie, nous chercher du pain pour le souper.

C'était une ruse évidente pour qu'elles soient seules, étant donné que Barbara avait acheté du pain la veille.

— As-tu apprécié ton séjour au manoir ?

— Naturellement. Nous y avons passé la nuit

à cause du mauvais temps, mais je ne me sentais pas très bien ce matin. J'ai donc pensé…

Elle avait baissé la tête tout en parlant, incapable de soutenir le regard de sa mère. Ce faisant, elle manifestait sa culpabilité, et ce fut sa perte.

— Une des bonnes de Clairemont est allée au marché, ce matin, déclara sa mère. En chemin, elle a rendu visite à sa mère, Mrs Stock. Et elles adorent toutes deux colporter des rumeurs.

— Je ne vois pas en quoi cela me concerne.

— N'essaie pas de me mentir, Barbara. Tu ne pourras pas m'embobiner avec de belles paroles, comme ton père. La bonne a dit qu'il y avait un homme dans ta chambre, la nuit dernière. Qui était-ce ?

Les projets qu'elle avait échafaudés tandis que la calèche roulait vers le cottage n'incluaient pas cette première et, ô combien, difficile conversation.

Avec un soupir, elle se laissa tomber sur le banc près de la cheminée, et enfouit son visage dans ses mains.

— C'est aussi grave que tu l'imagines. Probablement pire. Je l'aime.

— Il ne faut pas, décréta fermement sa mère. D'après moi, si l'on veut avoir des relations charnelles avec un homme avant le mariage, l'amour est la pire raison de le faire.

Surprise, Barbara releva la tête pour observer sa mère, et se demanda comment elle savait de telles choses, et pourquoi elle n'était pas choquée.

— Tu n'es pas une écolière qui s'évanouit pour un oui ou pour un non, Barbara. Tu es une jeune lady bien partie pour finir vieille fille. Parfois, ce genre de chose se produit. Si tu avais dix-huit ans et faisais ton entrée dans le monde, cela pourrait gâcher tes chances. À présent, il n'y a plus guère d'opportunités à gâcher.

Sa mère s'assit et demanda, d'un ton plus calme :

— Qui est-ce ? J'espère qu'il ne s'agit pas d'un dandy londonien. Si c'est le cas, il t'a probablement tenu un discours mensonger, et il y a peu de chance qu'il reste après la nouvelle année.

— Non, mère. Il ne s'agit pas de cela.

— Était-ce ce sympathique Mr Breton que j'ai quelques fois croisé au village ? Il pourrait être amené à réparer sa faute. Ou bien, nous pourrions écrire à son père et exiger un arrangement.

Elle semblait presque heureuse, comme s'il pouvait ressortir quelque chose de bon de l'erreur de sa fille.

— Joseph Stratford, murmura Barbara.

Sa mère soupira, dépitée.

— Et tu vas me dire, je suppose, qu'il n'a aucunement l'intention de rompre avec Anne Clairemont.

— Il ne l'aime pas.

— Et il ne t'aime pas non plus, sinon nous n'aurions pas cette conversation.

Sa mère baissa les yeux vers ses mains, et les croisa sur son ventre pour les empêcher de trembler.

— Réalises-tu dans quel embarras nous sommes ?

Ton père s'éteint à petit feu. Lorsqu'il ne sera plus là, il n'y aura rien pour nous arracher à notre sort. Mon propre héritage fond à vue d'œil. Comme je n'ai pas eu de fils, ce qui nous vient de ton père ira à son frère. Même un mariage en dessous de ta condition sera inenvisageable une fois que la rumeur de ta faute se sera répandue.

— J'ai songé à partir. Si je trouve un emploi, je pourrai vous envoyer de l'argent.

Sa mère resta silencieuse un moment.

Lorsqu'elle reprit la parole, ce fut à voix basse, comme si elle redoutait d'être entendue.

— Il y a une autre solution. Si tu n'es pas trop fière pour l'accepter.

— Je ne comprends pas.

— Joseph Stratford n'a aucune intention de t'épouser, alors qu'il peut avoir la lady qui va avec la grande maison qu'il a achetée. Et peu importe qu'il ne l'aime pas. Il la veut, parce qu'elle y a sa place.

Barbara trouvait cette idée glaçante, mais sa mère avait raison. Anne n'était rien d'autre qu'un ornement de plus, au même titre qu'un meuble ou un tableau.

— Mais Stratford a prouvé qu'il était un homme avide et licencieux. Il n'a aucun égard pour personne.

— Il n'est pas ainsi, protesta Barbara.

— Bien sûr que si ! Il t'a eue, et ça ne signifie rien de plus pour lui. Il recommencera si tu l'y autorises.

À présent, ce qui lui avait semblé si merveilleux lui paraissait honteux. Sa mère avait raison. Même si elle essayait de lui échapper, il essaierait de l'attirer à nouveau dans ses filets. À cette pensée, elle eut envie de se baigner et de s'étriller la peau pour en ôter toute souillure.

— Cela ne se reproduira pas.

— Oh ! bien sûr que si. Si tu l'aimes, tu y retourneras. Tu feras ce qu'il te dit. Tu ne pourras pas t'en empêcher. L'amour est ainsi, et mes mises en garde n'y changeront rien.

Sa mère passa un bras autour de ses épaules et l'attira contre elle, en un geste réconfortant.

— Nous ne pouvons pas défaire ce qui a été fait. Je ne t'en empêcherai pas si tu veux aller vers lui. Mais si tu le fais, assure-toi d'obtenir un arrangement. Si Stratford tient à toi d'une quelconque façon, fais en sorte qu'il te donne ton dû. Nous devons songer à l'avenir.

Barbara eut l'impression que la pièce se mettait à tourner autour d'elle.

Elle avait voulu croire qu'un avenir respectable l'attendait mais sa mère, qui savait garder l'esprit pratique, l'avait vite détrompée.

Il était inutile de se mentir. Puisque sa réputation était perdue, autant aller jusqu'au bout de la déchéance. Elle serait la maîtresse d'un homme riche. Une femme entretenue. Une catin

Mais au moins pourrait-elle être avec lui et l'aimer.

Joseph épouserait Anne, comme c'était prévu. Il aurait sa grande maison, sa jolie épouse. Et sa maîtresse…

Peut-être était-ce ce qu'il avait en tête depuis le début.

Il avait fait taire l'opposition à sa fabrique de la même manière.

À présent, elle serait forcée de faire comprendre à son père qu'il était dangereux de provoquer la colère de l'homme qui mettait le pain sur leur table.

Si jamais Joseph se lassait d'elle, pour une raison ou une autre…

L'avenir de Barbara serait sûr et sa famille serait à l'abri du besoin aussi longtemps qu'elle lui plairait.

Mais après ? Eh bien, il la chasserait, tout simplement. Si elle ne passait pas un accord avec lui dès le début, il lui faudrait se trouver un autre protecteur.

Quelqu'un qu'elle n'aimerait pas, cette fois.

Barbara fouilla ses sentiments, essayant de se rappeler les conversations qu'ils avaient partagées, l'aide qu'il lui avait apportée à plusieurs reprises, ce qu'elle avait ressenti quand ils avaient dansé ensemble… et leur nuit de passion au manoir.

Peut-être n'y avait-il pas d'amour de la part de Joseph, mais rien n'indiquait un manque de générosité.

Si elle devait devenir la maîtresse d'un homme riche et puissant, autant que ce soit celle de Joseph Stratford.

À condition qu'elle verrouille son cœur et se comporte avec pragmatisme, il existait pour elle un moyen de s'en sortir. Sa mère avait raison.

Mais, si elle voulait survivre, elle devait se rappeler que l'amour n'avait pas droit de cité dans cet arrangement.

Et tandis qu'elle était assise là, d'autant plus ridicule dans sa robe de bal démodée qu'il était presque midi, elle laissa mourir cette partie d'elle.

Il n'y aurait pas de larmes inutiles.

Elle allait saisir l'opportunité qui se présentait, et l'exploiter à son avantage.

Joseph approuverait sa décision, elle en était certaine.

N'était-ce pas ainsi qu'il faisait des affaires ?

À défaut d'autre chose, elle lui prouverait qu'ils se ressemblaient plus qu'il ne le croyait.

Chapitre 16

Le repas de la veille de Noël fut excellent, avec un rôti de bœuf exceptionnellement fondant et un délicieux pudding. Le gâteau servi en dessert était si gorgé d'alcool que les convives s'en trouvèrent légèrement enivrés, ce qui eut pour effet d'égayer considérablement l'ambiance.

Pour Joseph Stratford, chaque bouchée avait un goût de cendres, et le brouhaha constant des conversations et des rires lui donnait mal à la tête.

La seule personne qui aurait pu l'égayer était partie, et il n'avait rien fait pour la retenir.

Bientôt, il en paierait le prix.

Pour éviter d'avoir à faire la conversation à d'autres personnes, il dansa toute la soirée avec Anne. Fidèle à elle-même, sa fiancée avait fort peu à lui dire, le laissant évoluer en silence au rythme de la musique.

Elle arborait le même sourire serein qu'à l'accoutumée, mais il y avait dans ses yeux une tristesse nouvelle, comme si cette soirée lui pesait autant qu'à lui.

En guise d'encouragement, il lui serra la main et elle sursauta. Puis elle lui pressa à son tour les doigts, comme pour admettre que, tout en étant prisonnière d'une situation qu'elle n'avait pas choisie, elle puisait un certain réconfort dans la sympathie qu'il lui offrait.

Il avait envie de lui dire qu'elle ne serait pas captive très longtemps. Il devinait en effet comment cette nuit allait se terminer.

Il avait beau faire un effort d'imagination, il ne voyait pas de mariage à l'horizon. Et si, quelques jours auparavant, la fabrique était toute sa vie, son ouverture lui semblait à présent distante et improbable.

Il se demanda si Robert aurait la carrure pour assurer la relève. Cela impliquerait pour lui de tourner le dos à son rang et d'avoir une véritable activité professionnelle. Peut-être pourrait-il engager un homme de confiance pour diriger la fabrique…

Mais le plus probable était que tout tomberait en ruines s'il n'était plus là pour s'en occuper.

Il regrettait maintenant de ne pas avoir fait de testament. Au moins aurait-il pu faire en sorte que le manoir revienne aux Clairemont s'il lui arrivait quelque chose.

De toute façon, il était trop tard, à présent.

Quant à Barbara, il aurait dû lui dire quelque chose quand il en avait encore l'opportunité.

Mais comment trouver les mots pour une chose qui était arrivée si soudainement ? De façon si illogique et si déplacée. Bouleversant des projets, rompant des promesses, bafouant toute raison.

S'il était tombé amoureux d'elle quelques mois auparavant, cela aurait été difficile. Maintenant qu'il s'était engagé envers Anne et sa famille, c'était impossible.

De toute façon, tout lui semblait impossible aujourd'hui.

Autrefois, sa tête était pleine de projets ambitieux. À présent, elle était totalement vide.

Il ne pouvait pas avoir d'avenir avec Barbara Lampett, mais il n'imaginait pas en avoir un sans elle.

Après que son valet l'eut laissé seul, Joseph s'étendit dans le silence de sa chambre, et guetta la sonnerie de l'horloge.

Son père s'était montré vague quant au but de ces visites. Mais il avait dit qu'il y aurait trois revenants.

S'il avait vu le passé et le présent, alors il était presque certain que le prochain serait l'avenir.

Et s'il n'avait pas d'avenir ?

Il était tout à fait possible qu'il n'y ait pas d'autre chose à voir.

Alors, cela voulait dire que son visiteur ne serait autre que la mort.

Peut-être le méritait-il.

Il songea à la façon dont il avait récemment

traité ceux qui l'entouraient. Et aussi à la façon dont Barbara l'avait rejeté, après une seule nuit.

Elle avait raison. Il s'était servi d'elle, s'y accrochant comme à une bouée dans la tempête, essayant de reporter ce qui était destiné à arriver.

Il lui avait donné des raisons de le détester, et c'était peut-être mieux ainsi. S'il venait à disparaître, elle ne porterait pas son deuil.

Joseph ouvrit les yeux, conscient d'un changement dans la pièce.

Il y eut un mouvement, mais pas de lumière comme lors de la visite des autres esprits.

Son avenir était donc l'obscurité. Et le froid.

L'air autour de lui était tel qu'au contact des précédents revenants, et il avait l'impression que son souffle gelait dans son corps.

Fixant les ténèbres, il finit par distinguer une forme.

— Qui que vous soyez, venez, et qu'on en finisse, dit-il.

Il n'y eut pas de réponse.

Rien ne filtrait de ce silence. Ni amusement, ni condescendance, ni ennui.

La silhouette devait être celle d'un homme. Aussi grand que lui. Vêtu d'une cape, peut-être. On aurait dit que la tête était masquée par une capuche.

Cette impossibilité de vraiment bien voir son visiteur le mettait mal à l'aise, lui inspirait de la peur.

Il regarda délibérément ailleurs et se leva.

— Très bien. Emmenez-moi où vous voulez, que je sois enfin fixé.

Il toucha la main du revenant, ou crut le faire. Car, lorsqu'il baissa les yeux, il n'y avait rien. Et pourtant, il avait au creux de la paume la sensation d'os secs et froids.

Cette fois, ils ne traversèrent ni les planchers, ni les murs.

Ils marchèrent lentement, à travers la chambre, le long de l'escalier et dans le hall.

Des voix montant du salon attirèrent Joseph jusqu'à la porte, qui s'ouvrit devant lui.

Un couple étroitement enlacé sur le sofa s'embrassait passionnément.

Jamais Joseph n'avait vu Anne ainsi. Magnifique et échevelée. Le corsage ouvert, et le visage ravagé par la passion.

— Il ne faut pas, protesta-t-elle. Nous devons arrêter.

— Cela fait dix ans que vous le répétez, et que nous n'y arrivons pas. Un jour, il va nous découvrir.

— Il le sait probablement déjà, et je doute qu'il s'en soucie. Nous n'avons pas d'enfants, et il n'y en aura pas car il n'essaie même plus.

— Ne me parlez pas de votre intimité. Je ne peux le supporter. Vous n'auriez jamais dû l'épouser.

— Mais je l'ai fait. Et maintenant, il est trop tard.

— Vous êtes encore jeune. Et toujours aussi

belle que le jour où je suis tombé amoureux de vous. Quittez-le. Enfuyons-nous ensemble.

— Je ne peux pas. Je ne l'aime pas, et il ne m'aime pas. Mais sans moi, il serait seul.

— Vous savez bien que c'est faux. Il y a cette femme…

— Je n'ai pas envie de penser à cela.

— Eh bien, pensez à son travail. Il a sa fabrique pour l'occuper. C'est son seul véritable amour.

— Il n'y trouve pas plus de plaisir qu'il n'en trouve avec moi. La nuit, il déambule à travers la maison et compte les pièces.

Joseph s'étonna. Cette habitude ne l'avait donc pas quitté ? Même dix ans après, était-il toujours aussi peu sûr de lui-même pour avoir besoin de se prouver sa richesse ?

— Il boit trop, ajouta Anne.

— Raison de plus pour le quitter, l'encouragea Robert.

Elle secoua la tête.

— Il est malade. Il n'en a plus pour longtemps. Nous pouvons bien attendre encore quelques mois. Je serai veuve, et personne ne s'étonnera de notre rapprochement.

— Je comprends que vous hésitiez à tout quitter. Votre maison, votre statut. Et je comprends aussi que vous redoutiez le scandale qui éclaterait si notre liaison était découverte. Aussi, je veux bien attendre encore un peu. Par amour pour vous. Mais, il ne faudrait pas que cela dure trop longtemps.

Étrangement, Joseph ne ressentit aucune jalousie devant cette révélation. Uniquement de la tristesse que les choses en soient arrivées là.

— J'en ai assez vu, dit-il au fantôme. Emmenez-moi à la fabrique, que je voie comment ça se passe.

Ils sortirent, et Joseph sentit le froid et l'humidité l'envelopper. Le brouillard était si épais qu'il ne parvenait pas à se repérer, et la marche lui sembla interminable.

Soudain, Joseph se retrouva devant les grilles. La fabrique était toujours là, plus grande que lorsqu'il l'avait fait construire, dix ans auparavant.

Il s'autorisa un soupir de soulagement.

— Emmenez-moi à l'intérieur.

Ils entrèrent dans l'entrepôt, où les étoffes, roulées et empilées en rangées bien nettes, attendaient d'être livrées. Les cuves gargouillaient, produisant de la chaleur et des nuages de buée, dans une odeur prenante de teinture. Dans l'atelier, les métiers claquaient et les navettes attaquaient la trame en rythme.

Partout où il regardait, il voyait des ouvriers, principalement des femmes et des enfants. Silencieux et tristes, ils travaillaient mécaniquement, comme les machines qu'il avait créées pour eux. De temps en temps, ils jetaient un rapide regard en coin à la pendule, puis s'empressaient de reprendre le rythme, avec un frisson nerveux, comme s'ils redoutaient de se faire surprendre.

Tout fonctionnait exactement comme il l'avait

espéré. Et pourtant, ce spectacle l'emplissait d'une tristesse infinie.

— Très bien. Tout ce pour quoi j'ai travaillé, tous mes rêves auront un goût de cendres dans dix ans. Il y a autre chose ? Ou vous me ramenez chez moi ?

Le fantôme s'enfonça à nouveau dans le brouillard, et il n'eut d'autre choix que de le suivre.

Ils marchaient à présent dans la grand-rue du village, quelques mètres derrière une silhouette voûtée qui semblait étrangement familière.

Joseph pressa le pas pour rattraper l'homme et mettre fin au mystère. Mais il vit les villageois lever les yeux de leurs occupations, se crisper, et lui tourner le dos.

— Ils me voient ? demanda-t-il au fantôme.

Si c'était le cas, leur réaction n'avait rien de rassurant. S'il n'avait pas été beaucoup apprécié à son arrivée dans la région, les regards contenaient à présent un niveau d'animosité difficilement supportable. Ce qui avait été de la réserve et de la suspicion s'était transformé en haine.

Puis une femme barra la route à l'homme que Joseph suivait.

Il s'arrêta net, n'essayant pas de forcer le passage. Il ne dit rien non plus.

— Joyeux Noël, Mr Stratford, dit la femme. J'espère que vous êtes content de vous.

Puis elle cracha à ses pieds.

Joseph comprit alors que, cet homme, c'était lui, avec dix années de plus.

Sans un mot, l'homme continua sa marche, passant devant le cimetière, qui s'était considérablement développé. Y avait-il eu une épidémie, ou un désastre qui expliquerait toutes ces inhumations supplémentaires ?

Joseph suivit le fantôme entre le dédale des tombes, jusqu'à une rangée visiblement plus récente.

Observant les pierres tombales, il reconnut plusieurs noms. C'étaient ceux des hommes qui l'avaient menacé devant la fabrique, quelques jours auparavant.

Wilkins, Mutter, Andrews… Tous morts. Et cela s'était produit le même jour.

Avait-il finalement fait appel aux forces de l'ordre ? En tout cas, la rébellion avait été arrêtée.

Le fantôme lui fit signe qu'il était temps de s'en aller, mais il secoua la tête et continua à inspecter les tombes, à la recherche d'un nom en particulier.

— Où est Bernard Lampett ? Il doit être mort aussi. Pourquoi n'est-il pas enterré avec ses amis ?

Le fantôme le conduisit à un mausolée digne d'un lord : une tombe en marbre, avec des ornements en cuivre, et la statue d'un ange éploré. C'était exactement le type de monument que Joseph aurait choisi pour lui-même, dans son obsession d'exposer sa richesse aux yeux de tous, même après sa mort.

Il lut l'inscription gravée dans la pierre.

Bernard Lampett était mort le même jour que les autres. Et sa femme trois mois après.

Rien n'indiquait ce qui était arrivé à Barbara.

Mais le mausolée grandiose était là pour lui apprendre la vérité. Il était le fruit de sa mauvaise conscience. Il avait offert une sépulture décente aux parents de Barbara, afin d'atténuer le rôle qu'il avait joué dans leur décès.

Et s'il avait fait cela, cela voulait dire que Barbara était toujours en vie.

— Conduisez-moi à elle.

Il ne prit pas la peine de donner un prénom. Si le fantôme lui avait montré ceci, alors il savait tout.

Le revenant prit la direction du village, et Joseph reprit espoir. S'il pouvait simplement la voir, tout s'arrangerait. Quoi qu'il se soit passé, il remuerait ciel et terre pour que ça change.

Ils se tenaient maintenant devant le cottage des parents de Barbara. La maison semblait toujours aussi pimpante et accueillante. Au moins Barbara avait-elle toujours un toit sur la tête.

Elle ne se trouvait ni dans le salon, ni dans la petite cuisine, et il suivit le fantôme vers les chambres, se faisant l'effet d'un voyeur qui ne parvenait pas à contenir sa curiosité.

Bien qu'on fût au milieu de la journée, elle était au lit. Et elle n'était pas seule. Le drap abaissé autour de sa taille, elle caressait le dos de l'homme étendu à côté d'elle.

Elle était plus âgée, mais toujours belle. Ses seins étaient plus lourds, sa taille plus épaisse. Il se demanda si elle avait des enfants, mais on n'entendait ni rires ni jeux dans la maison ou le jardin.

Puis son amant se retourna, et Joseph découvrit une version plus âgée de lui-même. Ses cheveux avaient blanchi, son visage s'était creusé, sa silhouette s'était affinée jusqu'à la maigreur, et il commençait à se voûter.

L'homme se leva, et commença à s'habiller.

— Tu ne restes pas ? demanda Barbara.

— Il fait trop froid. Tu n'as même pas pensé à chauffer la chambre, alors que tu savais que je venais.

Si cette remarque la blessa, elle n'en montra rien.

— Il fait chaud dans mon lit, non ?

— Mais il n'a rien de confortable. Je t'ai proposé plusieurs fois de déménager, mais tu t'entêtes à rester dans ce trou à rats.

— C'est ma maison.

— Ça m'oblige à traverser le village au beau milieu de la journée, et tu sais comment les gens me traitent. Tu sais aussi ce qu'ils disent de toi.

Elle haussa les épaules.

— Que veux-tu que j'y fasse ?

Elle le regarda finir de s'habiller, l'enveloppant

d'un regard adorateur, en dépit de la façon dont il la traitait.

— Tu reviens quand ?

— Tu sais bien que ce n'est pas facile. Dès que je quitte la fabrique, c'est le chaos. Je suis entouré de voleurs et de ruffians.

— Tu travailles trop. Et tu es dur avec tes employés. Si tu montrais un peu plus de compassion…

— Il n'y a pas de place pour la compassion dans les affaires, aboya-t-il. Tu n'y connais rien, et tu ferais mieux de te taire, au lieu d'étaler ton ignorance.

Le sourire de Barbara faiblit.

— Bien sûr. Mais si je dis cela, c'est parce que je m'inquiète pour toi.

Pourquoi ? se demanda Joseph. Ce type ne méritait pas son affection.

Puis il comprit que c'était de lui-même qu'il parlait.

Apparemment, il n'avait même pas la courtoisie de venir la nuit pour cacher aux yeux des voisins ce qu'ils faisaient.

Et Barbara l'acceptait. Elle lui permettait de la traiter si mal.

L'autre Stratford se dirigea vers la porte, et les épaules de Barbara s'affaissèrent, trahissant sa détresse.

Joseph s'avança, incapable d'en supporter davantage. Il essaya de saisir le bras de l'homme, mais ses doigts se refermèrent sur le vide.

— Reste avec elle, dit-il. Écoute-moi, espèce de minable. Je sais que tu le peux. Je suis la voix dans ta tête.

L'homme qu'il allait devenir n'eut aucune réaction. Continuant son chemin, il quitta le cottage en claquant la porte derrière lui.

Barbara se laissa retomber contre l'oreiller, comme si c'était un effort de rester assise et de prétendre être heureuse, maintenant qu'il n'était plus là pour la voir.

Sans un gémissement, sans un cri, ses larmes se mirent à couler.

Joseph savait ce que signifiaient ces larmes silencieuses. Il avait pleuré ainsi quand il était enfant, alors qu'il croyait n'avoir aucun avenir.

Il tendit la main pour lui caresser la joue, mais ne rencontra que du vide.

S'asseyant sur le bord du matelas, si près de sa jambe qu'elle aurait dû percevoir sa présence, il murmura :

— Tout ira bien. Je vais tout arranger. Je ne deviendrai jamais comme ça. Je te le jure. Tu ne pleureras pas à cause de moi.

En se penchant au-dessus d'elle, il pouvait ressentir sa peur, sa douleur et sa confusion, comme si c'étaient les siennes propres.

Mais surtout, il percevait son désespoir.

Elle savait que cela ne s'arrangerait pas. Il lui échappait un peu plus à chaque visite, ne lui offrant pas l'amour qu'elle attendait.

Comment en était-ce arrivé là ? Il avait pourtant promis de prendre soin d'elle.

Il prit conscience de la culpabilité qu'éprouvait Barbara face à sa propre faiblesse. Et sa honte de trahir la mémoire de ses parents à chaque fois qu'elle était avec lui.

Mais elle l'avait aimé depuis le premier jour. Et elle l'aimait toujours.

Lui n'avait toujours eu que l'argent en tête, mais elle avait espéré le contraire. Elle s'était imaginé qu'elle réussirait à le faire changer.

Et Joseph comprit avec effroi qu'il était le seul à blâmer.

Il lui avait fait cela. Il avait bouleversé sa vie. Il lui avait pris ses parents.

Et il ne lui avait rien donné en retour pour combler tous ces vides.

Joseph pouvait maintenant sentir dans son dos l'impatience grandissante du fantôme, qui essayait de l'entraîner avec lui alors qu'il souhaitait rester avec Barbara.

Les joues mouillées de larmes, il jura :

— Je vais changer.

Puis il se retourna et tendit la main pour rejeter en arrière la capuche du revenant, prêt à voir son visage.

Ce fut alors lui-même qu'il découvrit.

Non pas l'homme qu'il voyait tous les matins dans le miroir. Ni celui qu'il venait de découvrir avec Barbara. C'était lui avec cinquante ans de plus. Toujours vivant mais si proche de la fin.

Joseph fixa ces yeux gris familiers, découvrant la partie la plus sombre de son âme.

— J'en ai assez vu. Je veux rentrer à la maison. Tout sera différent à partir de maintenant. C'est promis.

Les épaules du fantôme s'affaissèrent, comme s'il était soulagé d'un poids. Et une cape vide tomba au sol.

C'était une couverture. Rien de plus que cela.

Elle avait glissé de son lit, dans sa chambre. Il l'avait suivie dans sa chute, et s'était retrouvé sur le tapis.

Assis par terre, il l'observait dans la lumière de ce matin de Noël, comme s'il ne l'avait jamais vue auparavant.

Joseph eut un rire nerveux et secoua la couverture, comme s'il s'attendait à en voir sortir le fantôme qui était venu hanter ses rêves.

— C'est fini. Joyeux Noël.

Il avait dit cela davantage comme une promesse plutôt que comme une formule toute faite.

— C'est fini. Je vais vivre pour pouvoir raconter cette histoire, reprit-il de plus belle.

En réalité, il ne pourrait en parler à personne, sous peine de passer pour un fou.

Mais il était vivant.

Et il garderait toujours en mémoire cette mésaventure, qu'elle soit rêve ou réalité.

Il attrapa le cordon de la sonnette pour appeler son valet.

Plus d'un domestique serait requis pour mettre son plan à exécution. Toute la maisonnée risquait d'être réquisitionnée, même si le jour de Noël venait à peine de se lever.

Chapitre 17

Joseph dévala l'escalier devant son valet, médusé.

Hobson avait à peine eu le temps de le raser, mais il y avait plus urgent, et il ne pouvait attendre plus longtemps que le majordome fasse passer son message.

— Mrs Davy !

Posté au centre du grand hall, il héla la gouvernante.

Il avait l'impression de retrouver son souffle après avoir longuement plongé dans les profondeurs maritimes.

La pauvre femme arriva en trottinant, lissant son chignon du plat de la main pour s'assurer qu'aucune mèche n'en dépassait.

Sur son visage d'ordinaire affable flottait une expression inquiète.

Il lui sourit, surpris de voir combien son plan lui procurait d'enthousiasme et d'impatience.

Il se sentait dans le même état d'esprit que le jour où il avait songé à concevoir un nouveau modèle de métier à tisser.

— Mrs Davy, répéta-t-il. Ma chère Mrs Davy.

Puis il rit en voyant son air médusé.

Elle fit un pas en arrière.

— Monsieur ?

Il comprit qu'il l'avait inquiétée. Bien qu'il ne fût pas un maître cruel, quand avait-il appelé qui que ce soit « mon cher » ou « ma chère » ?

— J'ai encore du travail pour vous. Je crois que le cellier déborde de victuailles, considérant le faible nombre de mes invités.

Elle répondit par un signe de tête hésitant.

— Il y en avait bien plus que nécessaire, monsieur.

— Dans ce cas, nous devons faire quelque chose du surplus. Des paniers. Des cartons. Des sacs. Je veux que vous rassembliez tous les contenants de la maison pour les remplir de victuailles. Il faut que toutes les familles du village puissent en profiter. Pensez également aux domestiques ici, et à vous-même. Videz les garde-manger. Je veux qu'il ne reste plus rien.

— Pardon, monsieur ?

Avait-il réellement l'image d'un homme dénué de cœur pour s'attirer un tel regard de stupéfaction ? Si tel était le cas, cela renforçait la nécessité pour lui de changer de comportement.

— Je veux, dit-il plus lentement et d'un ton emphatique, que chacun au village fête le nouvel an aussi plaisamment que moi. J'ai rompu une tradition sans le savoir, et je veux la restaurer.

— Oh ! monsieur, fit Mrs Davy en joignant les mains.

Elle le regardait maintenant avec ravissement, comme s'il avait comblé son vœu le plus cher en l'obligeant à travailler le jour de Noël.

— Je ferai moi-même la distribution. Et j'en profiterai pour inviter tout le monde à venir festoyer ce soir.

— Bien, monsieur.

Elle filait déjà vers la cuisine, disparaissant aussi vite qu'elle était apparue, comme portée par une vague d'enthousiasme.

— Que diable se passe-t-il ?

Robert se tenait en haut de l'escalier, se frottant les yeux.

— À quoi rime ce vacarme, Joseph ? Tu vas réveiller toute la maison.

Joseph lui sourit amicalement tandis qu'il descendait souplement les marches.

Ce bon vieux Robert, qui devait être pris en étau par ses sentiments contradictoires…

— Joyeux Noël, mon cher ami.

Il lui serra vigoureusement la main.

— Je profite de l'occasion pour te dire que je n'ai jamais eu d'ami plus loyal, ni de meilleur associé.

— Je peux dire la même chose de toi.

Jamais Robert n'avait paru aussi embarrassé, ni aussi malheureux.

— C'est pourquoi je dois te parler. Je sais que ce n'est ni le moment, ni l'endroit, mais il y a quelque chose que je dois te dire. Je n'ai pas fermé l'œil de la nuit, et je crois que je ne pourrai pas supporter…

— Pas un mot de plus.

Joseph leva la main pour interrompre la confession qu'il devinait imminente.

— Je souhaiterais que tu reportes tes révélations à plus tard. Si tu es toujours dans le même état d'esprit.

— Je doute que quelques jours suffiront à me faire changer d'avis.

— Attends au moins que j'aie rompu mes fiançailles avec Anne.

Robert écarquilla les yeux.

— Quoi ?

— Je vais parler à Anne. Nous savons tous les deux qu'elle ne m'aime pas. Je sais que je ne la rendrai pas heureuse. Même si cela sert mes intérêts professionnels, il ne serait pas juste de l'obliger à une union qui pourrait lui être pesante.

— Mais, il y a certaines attentes…

— Et elles concernent cette maison. Peu m'importe. Je n'en veux pas. Je me contenterai d'une demeure plus modeste. Avec moins de pièces… et moins de fantômes. Je l'offrirai à son père, en guise de compensation pour la rupture de notre arrangement. Après tout, c'est ce qu'il veut.

— Mais… qu'adviendra-t-il d'Anne ?

— Je doute que cette rupture lui brise le cœur. Il se trouvera sûrement un gentleman désireux de combler le vide que j'aurai laissé. Si je le connaissais, je le presserais d'agir rapidement, en profitant de la confusion créée par ma défection.

— Je vois…

Mais ça ne semblait pas être le cas. Le visage de Robert exprimait toujours la perplexité.

— S'il existe un homme qui l'aime comme elle le mérite, je lui souhaiterai d'être heureux avec elle, crut bon d'expliquer Joseph.

Pour conclure, il donna une tape amicale dans le dos de son ami, comme pour le faire sortir de sa léthargie.

— Je vois, dit Robert.

Un sourire éclaira progressivement son visage.

— Oui. Je crois que je comprends.

— C'est bien ce qu'il me semble. Joyeux Noël, mon ami.

— Je crois qu'il sera excellent.

— Je n'en doute pas. Et maintenant, que penses-tu que diraient nos amis de Londres si j'invitais tous les villageois au repas de ce soir ?

— Je crois qu'ils seraient horrifiés.

— Eh bien, il semblerait que ce soit la tradition par ici. Je ne peux pas me mettre les ouvriers à dos, ou bien ce sera l'enfer.

— Tu risques de perdre quelques investisseurs.

— Dans ce cas, il faudra que je m'arrange pour en trouver d'autres. Mais nous verrons cela plus tard. Je souhaite maintenant rendre visite à Anne.

*
* *

La calèche de Joseph s'arrêta devant la porte de la nouvelle maison des Clairemont. Pourquoi n'avait-il pas choisi cet endroit pour lui ?

Même avec une femme et des enfants, douze pièces et une domesticité réduite suffiraient amplement à combler ses besoins.

Il fut convié à entrer, et attendit patiemment dans le petit salon que Miss Anne, qui se préparait pour aller à l'église, le rejoigne.

Entrant d'un pas lent et gracieux, son ravissant visage aussi dénué d'expression que celui d'une statue, sa fiancée lui adressa une discrète révérence.

— Vous souhaitiez me parler, Joseph ? demanda-t-elle d'une voix douce et teintée de délicates inflexions aristocratiques.

— Venez vous asseoir près de moi, et discutons un moment.

Il s'installa sur le délicat sofa à deux places.

Robert aurait été horrifié, lui rappelant qu'il ne pouvait donner d'ordre à une jeune lady dans sa propre maison, ni s'asseoir avant elle.

Mais Anne ne parut pas remarquer ce manquement aux usages et prit place à côté de lui. Puis elle attendit patiemment qu'il reprenne la parole.

Il lui prit la main.

— Avant que nous nous engagions dans le mariage, Anne, je dois connaître la vérité. Me voulez-vous ?

— Je… Je ne comprends pas.

Mais la vérité se lisait sur son visage. Si seulement il pouvait obtenir d'elle qu'elle l'admette.

— Me voulez-vous comme époux ? Pour toute la vie. Désirez-vous ma compagnie ? Je veux savoir pourquoi vous avez accepté ma demande.

— Vous souhaitez rompre ?

Il y avait à présent sur son visage un mélange d'espoir et de crainte, et le tremblement de sa lèvre inférieure était annonciateur de larmes.

— Je ne reviendrai pas sur notre engagement si c'est vraiment ce que vous souhaitez. Si la perspective de m'épouser vous rend vraiment heureuse…

— Bien sûr que je suis heureuse.

Si elle persistait dans cette voie, Joseph n'aurait d'autre choix que de l'épouser, et il comprit qu'il devait manœuvrer plus finement.

— Expliquez-moi ce qui vous rend heureuse.

— Vous m'avez fait l'honneur de me demander en mariage. Ma famille s'en trouve grandement gagnante. Mon avenir est assuré. Comment pourrais-je ne pas être heureuse ?

On aurait dit qu'elle se posait cette question à elle-même.

— Dans ce cas, vous devez faire quelque chose pour moi. Considérez cela comme un cadeau pour notre premier Noël.

Une lueur d'affolement passa dans le regard d'Anne.

— Je ne pense pas… Après notre mariage, bien sûr. Mais, pas maintenant. C'est le matin de

Noël, Joseph. Et nous sommes dans le salon de mes parents.

Il rit de sa méprise tandis que l'évidente horreur que lui inspirait l'acte conjugal lui redonnait de l'espoir.

— Ce n'est pas du tout ce que vous croyez. Si nous nous marions, nous resterons ensemble très longtemps. Toute notre vie, sans doute.

Il n'aurait pas dû dire « sans doute ». Il aurait dû se montrer plus catégorique.

Une fois qu'ils seraient unis, rien ne pourrait les séparer.

— Et je crois, reprit-il, que nous nous devons d'être honnêtes.

Il laissa passer un court silence, afin de permettre à Anne de sonder son propre cœur.

— J'ai des raisons de croire que vous seriez plus heureuse si vous aviez pu épouser quelqu'un d'autre. Et que la raison pour laquelle vous avez accepté ma demande est étrangère à l'amour. Hormis celui que vous portez à vos parents. Vous avez voulu leur rendre la prééminence sociale qui fut la leur. Et c'est tout à votre honneur. Mais, ne serait-il pas préférable de le dire franchement, afin qu'il n'y ait aucune confusion entre nous ?

Elle cilla, incapable de parler.

— Et maintenant, dites-moi la vérité. M'aimez-vous ?

— Dans mon milieu, ce n'est pas vraiment ce qu'on attend du mariage.

— Et il semblerait que, dans votre milieu, il soit impossible de répondre simplement à une question directe, rétorqua-t-il, mais sans exprimer de réelle irritation. Néanmoins, j'en déduis que c'est non.

— J'ai du respect pour vous, naturellement. Vous avez de nombreuses qualités…

Il soupira, car elle ne lui facilitait pas les choses. Il décida de frapper un grand coup.

— Dans ce cas, puisque vous me respectez tellement, vous serez sans doute heureuse d'apprendre que j'ai décidé de vendre le manoir de Clairemont à Mr Robert Breton.

Elle resta un instant médusée, sa mâchoire pendant de la moins attirante des façons.

C'était le premier signe de sa perte de contrôle. Son premier signe d'humanité.

Puis elle s'exprima, non pas avec cet élégant murmure dont Joseph avait l'habitude mais en braillant comme une marchande des quatre saisons :

— Père ! Père ! Descendez immédiatement ! J'ai décidé de rompre mes fiançailles avec Mr Stratford.

La calèche s'arrêta devant la première maison du village. Son valet voulut descendre et prendre un panier, mais Joseph l'en empêcha.

— Je dois le faire moi-même. C'est important. Vous n'aurez qu'à me passer les colis, et je frapperai à la porte.

Un enfant ouvrit.

Avant qu'il ait eu le temps d'appeler sa mère, Joseph lui fourra les victuailles dans les bras, et cria « Joyeux Noël ! ».

Puis il se tourna pour recevoir le panier suivant, et marcha jusqu'à la maison voisine.

Voilà ! Ça ne se passait pas si mal, se dit-il. Pour le moment, il n'avait pas encore pris de coup sur le nez.

La maison suivante était occupée par une femme seule. Puis il découvrit dans la troisième un des ouvriers les plus remontés contre lui, encore en tenue de nuit.

Il lui colla le panier dans les bras, avec des congratulations hâtives.

— Je suppose que c'est pour vous faire pardonner le tracas que vous avez causé, lui lança l'homme d'un ton méfiant.

— Il y a de la tourte et du jambon, dit Joseph en soulevant un coin du torchon. Cela ne réglera peut-être pas nos différends, mais vous devriez vous régaler. Je crois qu'il y a aussi une bouteille de vin. C'est plus concret et plus utile que des excuses, je pense. Mais, je vous les offre bien volontiers.

Sur ces mots, il se tourna pour prendre le panier suivant, que lui tendait son valet.

Il continua sa tournée, et arriva bientôt devant la maison de Jordan, à qui il avait réservé un fourniment beaucoup plus volumineux.

— Un joyeux Noël à vous, dit-il d'un ton enjoué.

Vous trouverez dans ce panier du fromage, des oranges, des sucreries pour les enfants, du lait et de la crème. Les enfants ont besoin de lait, Mr Jordan. Et les vôtres en auront tous les jours quand vous aurez accepté le poste de contremaître dans ma fabrique.

— Pardon ?

L'homme ne put rien dire d'autre. Pas même un « merci ».

— Vous n'avez rien à dire de plus, mais vous pourriez m'aider pour la distribution des autres paquets qui se trouvent dans le chariot qui suit ma calèche. J'ai une démarche très importante à faire. Pendant que vous y serez, ayez la bonté d'inviter vos voisins au manoir, ce soir. Les portes seront ouvertes, comme autrefois.

Le cottage des Lampett se trouvait aux confins du village, presque dans la campagne, bâti au bout d'une courte allée.

Tandis qu'il faisait arrêter la calèche, Joseph put sentir sur lui les regards des quelques personnes qui se trouvaient là.

La rumeur de sa générosité l'avait précédé, et l'hostilité avait disparu des regards et des attitudes. Mais il devinait que l'opinion définitive que les villageois auraient de lui allait se jouer à la façon dont ils seraient reçus.

C'était cependant sans importance. Il n'était plus question de sa réputation professionnelle ni de la prospérité de ses affaires.

Seule l'opinion d'une personne comptait pour lui.

Le vent d'hiver était glacial, et il courut jusqu'à ce que ses poumons le brûlent, et que son côté le pince.

Puis il courut encore, comme lorsqu'il était enfant et n'avait pas d'argent pour prendre les transports publics.

C'était bon d'être en vie, de voir les oiseaux voleter à travers les branches nues des quelques arbres ornant le jardin. De donner des coups de pied dans la neige amassée, et d'entendre sonner les cloches de l'église pour Noël.

Il ne s'arrêta qu'une fois parvenu devant la porte, et frappa de toutes ses forces, sans se soucier de ce que l'on penserait de lui.

Le battant s'ouvrit.

Chapitre 18

Depuis sa chambre, Barbara entendit frapper à la porte, puis son père qui se disputait avec quelqu'un dans le hall d'entrée.

Pourquoi fallait-il qu'il se mette dans cet état même le matin de Noël ?

Comme si elle n'était pas déjà assez fragilisée, s'inquiétant des regards curieux dont elle serait la cible à l'église.

Elle ne pensait pas avoir la force de supporter une nouvelle crise de son père.

Pas aujourd'hui.

Se mêlant aux éclats de voix, elle pouvait également entendre les intonations apaisantes de sa mère, qui ne parvenaient pourtant jamais à calmer son époux.

S'observant dans le miroir, elle rajusta d'une main tremblante sa robe de laine brune.

Elle n'envisageait qu'une seule chose qui soit capable de perturber autant ses parents. Mais quelqu'un aurait-il été assez cruel pour leur rapporter les rumeurs qui couraient sur elle ?

Surtout un jour comme celui-ci ?

Si c'était là le problème, elle ferait mieux de se hâter de descendre, et de l'affronter elle-même. Car ni son père ni sa mère n'en avaient la capacité.

Lorsqu'elle arriva dans le hall, elle vit son père avec le col de la chemise ouvert, sa cravate dans sa main gauche.

Une main sur son épaule, Mr Joseph Stratford lui secouait vigoureusement la main droite.

Un peu en retrait, sa mère avait l'air effaré d'une poule voyant le renard s'approcher de ses poussins.

Regardant par-dessus l'épaule de son père, Joseph la vit et lui sourit, comme si rien d'autre au monde n'importait.

— Un grand bonjour à vous, Miss Lampett. Et un joyeux Noël.

— Que faites-vous ici ? demanda-t-elle, comme rivée au sol.

Pourquoi ne pouvait-elle cesser de le regarder, traverser le hall, le pousser dehors et fermer la porte derrière lui ?

Pourquoi fallait-il qu'il fût aussi séduisant, aussi plein de vie et de force ?

Voulait-il lui montrer qu'il se portait merveilleusement bien sans elle ?

Joseph finit par comprendre qu'il tenait toujours la main de son père et la laissa soudain retomber.

Se tournant vers sa mère, il s'inclina poliment.

— Et un merveilleux Noël à vous également,

Mrs Lampett. Je crois que nous n'avons pas été présentés.

— Je sais qui vous êtes, répliqua sèchement sa mère.

Il sourit, sans se formaliser de sa froideur.

— Je suppose que vous vous demandez ce que je viens faire ici, à cette heure, et en ce jour.

— Ce que je me demande, c'est s'il faut que je vous mette dehors, répliqua Bernard Lampett. Croyez bien que j'en suis parfaitement capable si vous causez davantage de trouble.

Son père n'en était pas plus capable que de voler à tire-d'aile vers la lune. Mais il n'aurait pas été judicieux de le corriger.

Aussi Barbara dit-elle, le plus doucement possible :

— J'espère que cela ne sera pas nécessaire.

Elle lança un regard d'avertissement à Joseph.

— Peut-être pourrais-je discuter un moment avec Mr Stratford, et voir de quoi il retourne, avant que nous ne terminions nos préparatifs pour l'église.

— Mais je ne suis pas venu pour discuter avec vous, Miss Lampett, protesta Joseph. Du moins pas tout de suite.

Il lui adressa un petit sourire d'excuses.

— Je vous promets d'être bref.

Il se tourna ensuite vers son père, mais elle eut le temps de voir pétiller ses yeux.

Il se moquait d'elle !

Après tout ce qui s'était passé entre eux, il s'amusait à ses dépens.

— Eh bien, procédez, monsieur, dit son père. Êtes-vous à nouveau venu me menacer de me faire arrêter ?

Miséricorde ! C'était un de ces jours où son père avait les idées claires, et l'humeur à la controverse.

Elle réfléchit hâtivement à une distraction pour séparer les deux hommes.

— Au contraire, cher monsieur, répondit aimablement Joseph. Je suis venu solliciter votre aide.

Cette requête provoqua un tel choc qu'elle réduisit toute la famille Lampett au silence.

Joseph utilisa cette pause à son avantage.

— Vous savez que j'ai l'intention d'ouvrir la fabrique dans quelques semaines, et qu'il y aura plus d'ouvriers disponibles que de postes à pourvoir. Cela me préoccupe grandement.

— Vraiment ? dit Bernard Lampett, stupéfait par ce renversement de situation.

— Vous connaissez les gens d'ici mieux que moi, car je suis pour ainsi dire un étranger. Je ne saurais penser à personne de mieux qualifié pour m'aider à leur trouver d'autres emplois. Naturellement, je vous offrirai une compensation financière, car cela occupera une grande partie de votre temps. Puis, si je peux convaincre Robert Breton d'en être le mécène, je souhaiterais rouvrir l'école. J'aurai également besoin de vous là-bas, soit comme professeur, soit comme conseiller en matière d'éducation.

— Eh bien… Je ne sais pas quoi dire.

Et il était évident pour Barbara que son père était complètement médusé. Toutes ces nouvelles propositions avaient tué sa colère.

— Vous n'êtes pas obligé de prendre une décision maintenant. Prenez votre temps pour y réfléchir. J'ouvre le manoir de Clairemont ce soir pour le bal annuel à la propriété. Nous aurons peut-être l'occasion d'en reparler à cette occasion. Mais, n'hésitez pas à en discuter avec les villageois. Il ne s'agit aucunement d'un secret. Je souhaite sincèrement trouver un emploi à tous ceux qui veulent travailler.

— Je suis d'accord. J'accepte. Margaret !

Bernard Lampett gesticula en direction de sa femme.

— Nous devons aller à l'église toutes affaires cessantes ! Nous y verrons un grand nombre de personnes intéressées. J'en toucherai également un mot au vicaire. Il pourrait le mentionner au cours de son sermon.

— Bien sûr.

Bernard Lampett attrapa son chapeau et ouvrit la porte, comme s'il avait presque oublié la présence de son visiteur.

— Encore une chose avant que vous ne partiez, monsieur, dit Joseph en lui touchant le bras. Me feriez-vous l'honneur de m'accorder la main de votre fille ?

— Certainement, certainement, marmonna le

père de Barbara. Margaret, qu'avez-vous fait de mon écharpe ?

Sa mère ne parvint à prononcer qu'un petit cri étranglé.

— Elle est autour de votre cou, père, dit faiblement Barbara.

— Fort bien. Nous pouvons donc nous rendre à l'église.

Sa mère eut un soupir exaspéré.

— Pas avant que vous ayez noué votre cravate, Bernard.

Elle lutta contre le bouton de son col de chemise, et le ruban de soie froissé que son époux avait trituré entre ses doigts.

Puis elle s'adressa à sa fille.

— Nous allons partir devant et toi, Barbara, tu nous rejoindras plus tard. Quant à vous, Mr Stratford, je compte sur vous pour vous comporter en gentleman. Sinon, vous aurez affaire à moi.

— Certainement, madame.

Joseph s'inclina respectueusement tandis que les Lompett sortaient, les laissant seuls.

Barbara jeta un regard anxieux sur la porte qui venait de se refermer, puis elle fit appel à tout son courage et se tourna vers Joseph.

— Auriez-vous l'obligeance de m'expliquer ce que signifie tout cela, Mr Stratford ?

— Il me semble que c'est pourtant évident.

Il lui souriait à nouveau, mais il n'y avait aucune malice dans son expression. Il la regardait tout simplement comme s'il n'avait jamais rien vu de plus beau.

— Que vous dites ! N'avez-vous pas demandé publiquement Anne Clairemont en mariage ?

— Certes, mais j'ai rompu notre engagement ce matin même.

Il s'avança pour lui prendre la main.

— C'est impossible ! protesta Barbara en se libérant d'un geste brusque. Anne en aura le cœur brisé.

— En aucune façon. Elle est éperdument éprise de mon ami Robert Breton, et totalement soulagée d'être débarrassée de moi.

— Vous le saviez ?

Il sembla à Barbara qu'elle respirait mieux, en sachant que ce sombre secret qu'elle avait découvert et promis de garder n'en était plus un.

— Je suis ravi pour elle. Ils sont très bien assortis. Mais, afin d'être sûr qu'il n'y aura pas de problème, je vais vendre le manoir à Robert. Lord Clairemont, pour qui seul semble compter son cher domaine, aura ce qu'il souhaite. Anne épousera le fils d'un comte, mais surtout l'homme dont elle est amoureuse. Et personne ne sera obligé de se marier contre son gré.

Il regarda alors Barbara avec le plus grand sérieux.

— Pas même vous. Si vous ne souhaitez pas m'épouser, il vous suffit de me le dire, et je respecterai votre choix.

— Ce serait sans doute une décision raisonnable

que d'accepter, dit-elle posément. Après ce qui s'est passé entre nous…

— Certes, vous pouvez m'épouser parce que c'est raisonnable. Mais je préférerais que ce ne soit pas la seule raison. Je comprends que vous ayez des inquiétudes pour votre réputation, mais il m'avait semblé que vous aviez quelques sentiments pour moi.

Barbara soupira.

— Dois-je encore tout vous confesser ? S'il est vrai que je vous aime, j'en ai assez que vous jouiez avec moi.

Regrettant déjà ces mots stupidement prononcés, et brûlant d'envie de se jeter dans ses bras, elle ajouta :

— Je préférerais connaître les raisons que vous avez de vouloir m'épouser. Que puis-je bien avoir dont vous ayez besoin, Mr Stratford ?

— Mon cœur. Je crois que vous l'avez emporté avec vous lorsque vous êtes partie. Voyez-vous, ce n'est pas une machine, finalement. Sinon, je n'aurais aucun mal à le remplacer.

Barbara sentit son propre cœur palpiter de joie, mais n'osa croire totalement à son bonheur.

— Vous seriez donc fait de chair et de sang, comme tout le monde ?

— Certainement. Et prêt à faire des folies. J'ai quitté ma fiancée et ma maison. J'ai marché à travers le village en distribuant tant de nourriture que je ne suis pas certain qu'il reste quoi que ce soit pour le dîner de ce soir. Et j'ai pris le risque d'indisposer mes investisseurs londoniens en invitant tout le village à festoyer.

Il ouvrit grands ses bras.

— Je suis un désastre ambulant, Miss Lampett. Quelqu'un devrait me remettre dans le droit chemin, avant que je ne dilapide ce qu'il me reste de fortune.

— Ce ne sera pas moi, dit-elle avec un petit sourire. Car je ne souhaite pas vous changer. Ce que vous avez fait pour père est magnifique.

— J'ignore si cela réglera ses troubles mentaux. Mais, s'il a un but, et d'autres façons de dépenser son énergie, cela pourrait canaliser positivement sa folie.

— Ce sera toujours mieux que de le faire interner. Dois-je vous rappeler que c'était la chanson que vous me chantiez il y a encore quelques jours.

— Voyez-vous, j'aurais un peu de mal à digérer l'idée que mon beau-père se retrouve dans un asile.

Sa bouche se tordit en un sourire narquois.

— J'ai beau être dans le commerce, il me reste quelques principes.

— Vous semblez bien sûr que je vais accepter votre demande.

— Parce que je n'ai pas pour habitude d'admettre les refus.

Lui prenant la main, il mit un genou à terre.

— Je sais que ma vie ne vaudra pas la peine d'être vécue sans vous. Peut-être même en mourrai-je si vous ne m'épousez pas.

— Oh ! pour l'amour du ciel, ne soyez pas aussi mélodramatique et relevez-vous.

— Pas avant que vous ayez dit oui.

Il leva vers elle un regard plein d'espoir.

— Je n'ai pas de bague à vous offrir, mais vous pourrez avoir tout ce que vous voulez. Et je vous promets que je ne dépenserai pas sottement mon argent en extravagantes parures de joaillerie.

— C'est la chose la plus sotte que j'aie jamais entendue. Quel homme met un genou à terre et promet qu'il n'achètera pas de bijoux à sa femme ?

— Un homme tellement bouleversé par l'amour qu'il ne sait plus ce qu'il dit.

— Vous êtes bouleversé par l'amour ?

Barbara n'était pas certaine de le croire, mais ce qu'elle entendait lui faisait plaisir.

Il hocha la tête.

— Et je manque de temps pour plaider ma cause. Les cloches de l'église ont cessé de sonner. Bientôt, votre mère va revenir me tailler les oreilles en pointe.

— Dans ce cas, nous ferions mieux d'y aller, n'est-ce pas ? Car vos oreilles me plaisent beaucoup telles qu'elles sont.

Elle fit un pas en arrière, et essaya de le relever.

— Vraiment ? Mes oreilles vous plaisent ?

Il se leva et passa les bras autour de sa taille pour l'attirer à lui.

— Les vôtres ne sont pas mal non plus. J'aime aussi votre nez. Et vos yeux. Et le bout de vos doigts.

Il fit suivre chaque déclaration d'un baiser sur la partie concernée.

Puis il posa ses lèvres contre son oreille, et lui murmura ce qu'il appréciait d'autre chez elle, mais qu'elle ne devrait probablement pas lui montrer à nouveau avant que les bans ne soient publiés.

— C'est Noël, dit-elle. Et il fait grand jour. De plus, nous sommes attendus, et nous sommes déjà en retard.

Il soupira.

— Dans ce cas, enfilez votre bonnet et mettons-nous en route.

— Je suppose que vous avez pris votre calèche ?

Il lui prouva alors qu'il avait véritablement changé.

Plongeant les mains dans ses poches, il en sortit ses gants, avant de positionner son chapeau sur sa tête.

— Pas du tout. Il se trouve que la journée est belle, et que le trajet peut aisément se faire à pied.

— Vous voulez donc que nous marchions ensemble ?

— C'est bien ainsi que je l'entends.

Elle lui tendit alors ses lèvres, et ils scellèrent leurs retrouvailles par un langoureux baiser.

Les Historiques

Harlequin

Retrouvez en février 2020,
dans votre collection

Les Historiques

Le retour d'un chevalier, de Nicole Locke - N°862

Angleterre, 1295

Le Lord de Mi Sol est de retour. *Nicholas.* Mathilda peine à croire que c'est bien la silhouette de l'homme qu'elle a tant aimé qui se découpe dans l'aube naissante. Cela fait quatre ans qu'il l'a abandonné pour devenir mercenaire et deux qu'il a arrêté de répondre à ses missives, y compris la dernière où elle lui annonçait ses fiançailles pour qu'il lui revienne... Pourtant à en croire le regard noir que Nicholas lui lance en observant sa silhouette arrondie par la maternité, Mathilda pourrait presque sentir la culpabilité naître en elle, alors que c'est cet homme qui a piétiné son cœur...

L'épouse du guerrier, de Jenni Fletcher - N°863

Angleterre, XVe siècle

À la disparition de ses parents Constance n'a eu d'autres choix que de devenir l'épouse du glacial Matthew Wintour. Un inconnu qui l'a abandonné pour guerroyer, sans même lui accorder un baiser d'adieux. Encore moins une nuit de noces. Cinq ans plus tard, Matthew – devenu un colosse armé–, est de retour et entend partager sa couche. Mais Constance elle aussi a changé et compte bien affirmer son caractère coûte que coûte...

Le secret des Highlands, de Nicola Cornick - N°864

SÉRIE : LES HÉRITIÈRES MACMORLAN - TOME 3

Écosse, 1817

Lorsque le bel inconnu à qui elle a épargné la vie se présente au château de Kilmory, Lady Christina perd contenance. Cet homme est en passe d'être recruté par son père – un duc aussi intelligent qu'excentrique – pour l'entretien des jardins du domaine. Christina doit trouver un subterfuge pour éloigner cet homme au plus vite, sans quoi il pourrait révéler son activité de contrebandière dans la distillerie clandestine où il l'a débusqué la veille...

Complot dans la capitale, d'Amanda McCabe - N°865

SÉRIE : TROIS DÉBUTANTES À PARIS - TOME 1

1889, Paris

Sir William Blakely vient de lui annoncer qu'il n'y avait plus rien entre eux avant de la sommer de retourner à Londres. Diana sent son cœur se briser en plein milieu de l'Exposition Universelle où ils flânent tous deux, comme ils ont coutume de le faire depuis plusieurs jours. Hors de question d'abandonner la fabuleuse opportunité professionnelle qu'on lui a offerte en couvrant l'événement parisien dans la presse. Et moins encore de se résoudre à croire William lorsqu'il veut la tenir à distance…

Sous le charme d'un vicomte, de Bronwyn Scott - N°866

SÉRIE : DENTELLES & TRAHISONS - TOME 1

Londres, 1854

Épouser Conall, vicomte de Taunton alors qu'elle vient tout juste de faire sa connaissance au mariage organisé chez le duc de Cowden ? Sofia ne peut y songer sans s'empourprer. L'idée est si exquise et inattendue. Consentir lui permettrait d'échapper à un ex-mari abusif tout en offrant à Conall un investisseur de qualité pour son commerce de laine d'alpaga. Pourtant, ce choix leur coûterait aussi la liberté à laquelle elle tient tant et ternirait la réputation de cet homme…

La vengeance du viking, de Joanna Fulford - N°867

SÉRIE : LA SAGA DU DRAGON - TOME 3

Norvège, IXe siècle

Dans le sombre donjon où il est enfermé, Leif prépare sa vengeance. Comme il a été stupide de croire à l'amour d'Astrid ! Pourtant, lorsqu'il l'avait délivrée des soldats ennemis, au cours d'une mission périlleuse pour le roi Halfdan, ne lui avait-elle pas juré qu'elle l'aimait et qu'elle s'enfuirait avec lui pour des jours paisibles sur ses terres de Hagder ? Que le riche vieillard à qui son oncle voulait la marier lui répugnait ? Mais il ne peut en douter, elle l'a bel et bien trahi et devra répondre de ses actes dès qu'il aura trouvé un moyen de s'évader…

La rose des Highlands, de Juliette Miller - N°868

SÉRIE : LE CLAN MACKENZIE - TOME 1

Écosse, XIIIe siècle

Rose est révoltée. Comment le seigneur Ogilvie a-t-il osé utiliser la force pour tenter d'abuser d'elle ? Elle qui travaille depuis toujours au château est désormais contrainte à la fuite. Une fuite dans la lande glaciale au cours de laquelle elle aurait sans doute péri, si un mystérieux highlander ne lui avait porté secours et donné refuge… dans la forteresse qui appartient au clan ennemi de celui des Ogilvie.

Composé et édité par HarperCollins France.

Achevé d'imprimer en novembre 2019.

BLACK PRINT

Barcelone

Dépôt légal : décembre 2019.

MIXTE
Papier issu de sources responsables
FSC® C108412

Pour limiter l'empreinte environnementale de ses livres, HarperCollins France s'engage à n'utiliser que du papier fabriqué à partir de bois provenant de forêts gérées durablement et de manière responsable.

Imprimé en Espagne.